THE PONY CLUB

How to Draw Horses and Ponies

Jennifer Bell

The Pony Club
Stoneleigh Park
Kenilworth
Warwickshire
CV8 2RW

www.pcuk.org

How to Draw Horses and Ponies
is published by The Pony Club

All the images in this book were produced by Jennifer Bell.

British Library Cataloguing in Publication Data.
A catalogue record for this book is available from the British Library.

ISBN 978-1-907279-31-7

Design and Production: Paul G. Harding (www.hardingbooks.com)

Printed in China by Toppan LeeFung

Trade distribution by Kenilworth Press
An imprint of Quiller Publishing Ltd.
Wykey House, Wykey, Shrewsbury, SY4 1JA
Tel: 01939 261616 Fax: 01939 261606
Email: info@quillerbooks.com
Website: www.kenilworthpress.co.uk

Contents

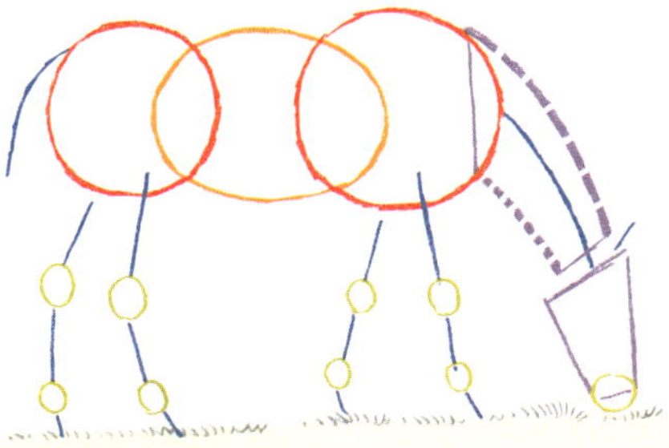

Introduction

If you understand how something works, you can draw it.

There are two good ways to learn how a horse looks and moves, and equestrian artists use both because they show you the same things, but in different ways.

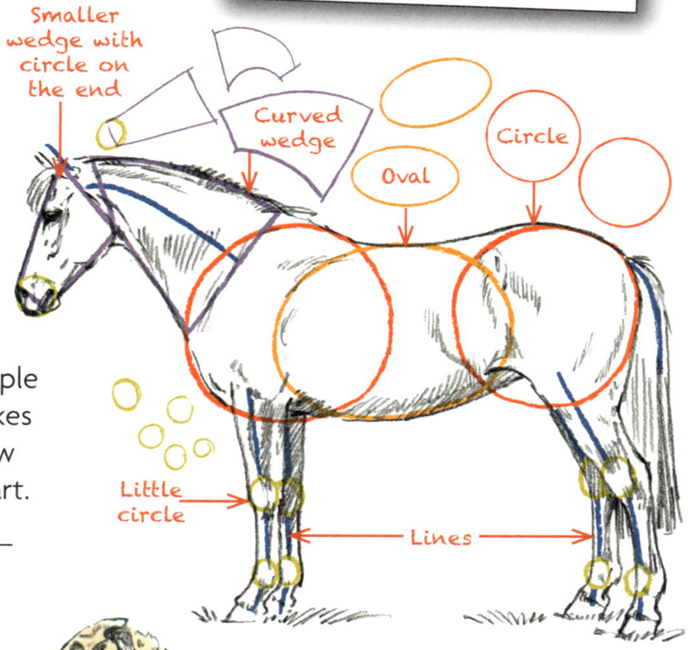

1 Simplify

Break down the horse's shape into basic 'building blocks' – if you have a horse in front of you, you'll be able to deconstruct it and see that it's not just one complicated shape, but several simple ones – shoulders, belly, hindquarters, legs, etc. This makes drawing from memory easier because you will know how to build up these shapes in the right places from the start.

It works because it's based on the whole conformation – the whole shape – taking into account what the bones and muscles and ligaments and tendons are doing.

2 Study

Find out about the skeleton and muscles – what they look like, how they fit together, and how they work. This will help you to get the details right.

- If you know where the important bones are, and how the joints flex...*you can draw them.*
- If you know where the different muscles are, and how they expand and contract...*you can draw them.*
- If you know what ligaments and tendons are (ligaments join bone to bone, tendons join muscle to bone) – and where they are...*you can draw them.*

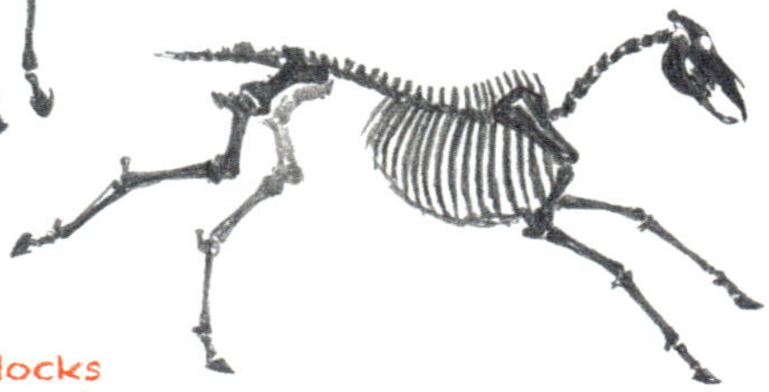

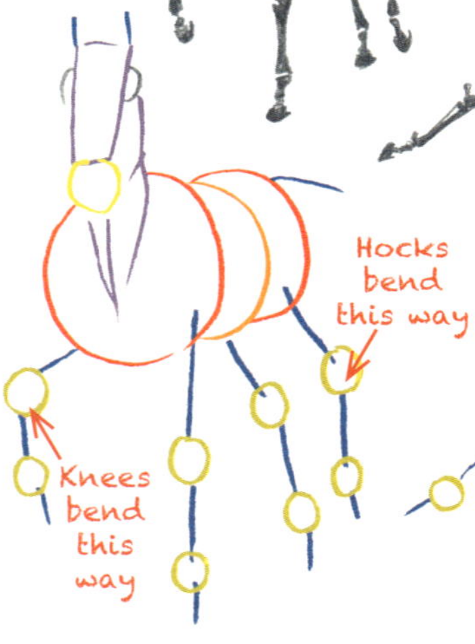

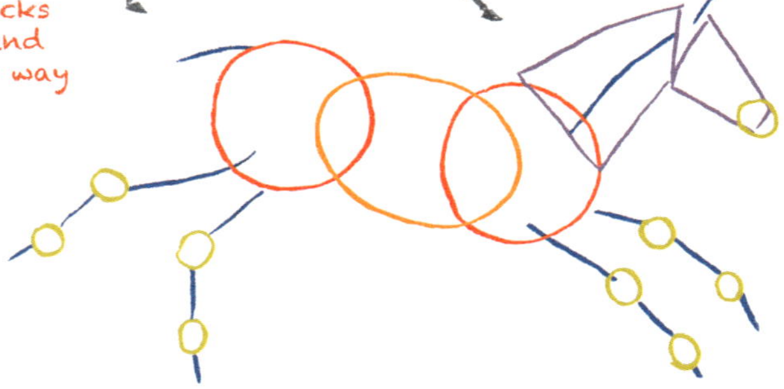

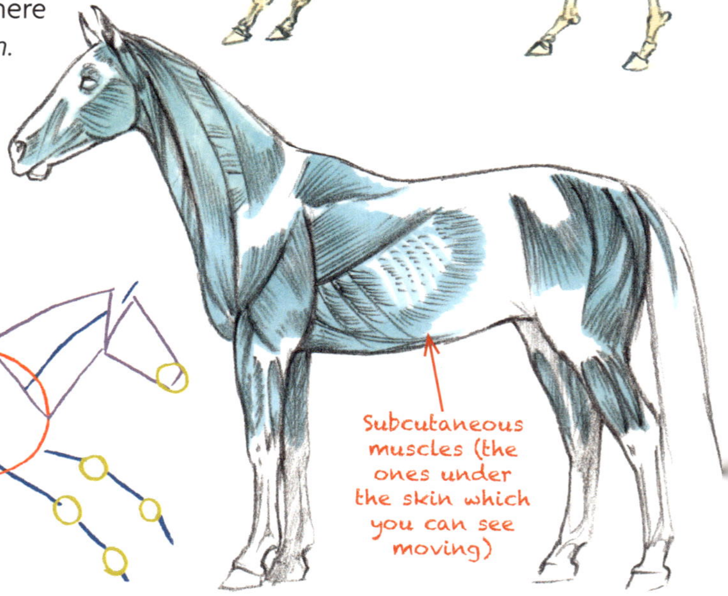

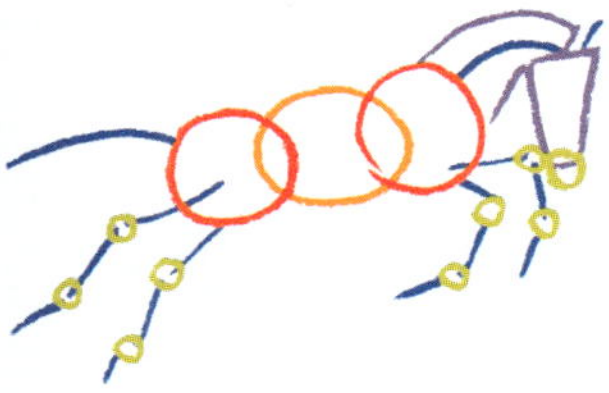
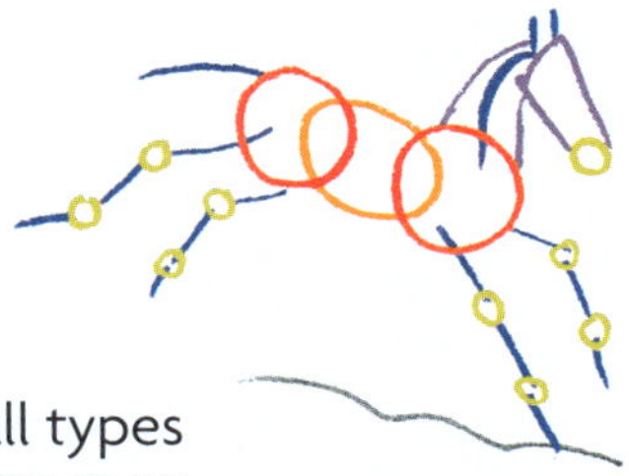
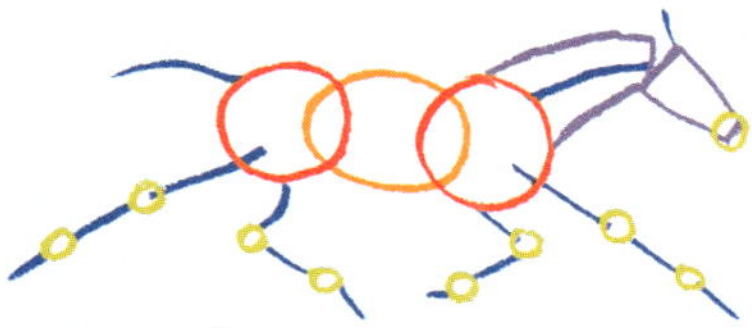

IT'S SIMPLE!

It works from all angles...for all types of horse or pony...doing *ANYTHING*.

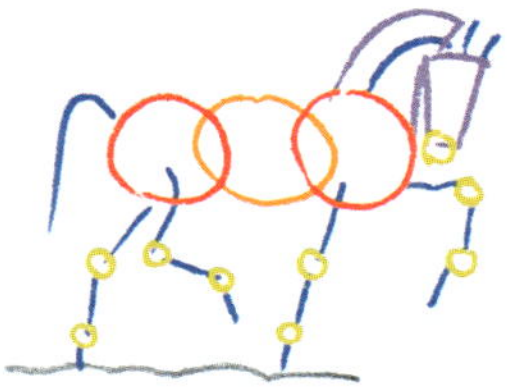

Work through the book, trying everything you fancy: it's all useful. *Tracing* helps your hand feel what it's like to make that shape, but *copying* (trying to get it as accurate as possible) is better because it makes your brain work, as well as your hand!

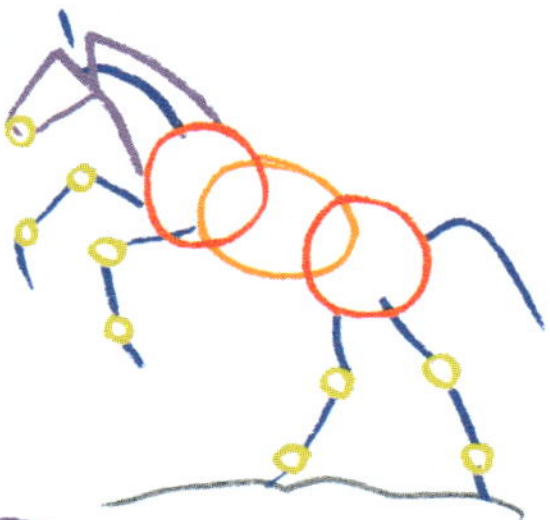
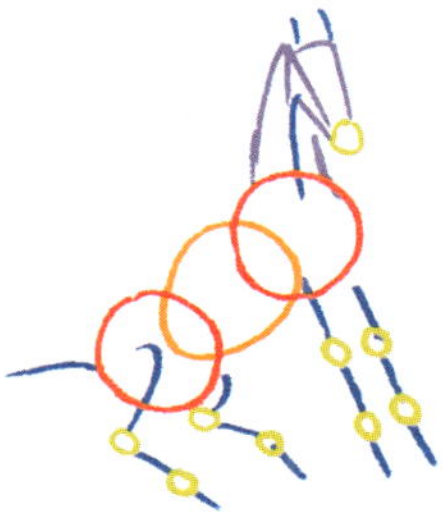
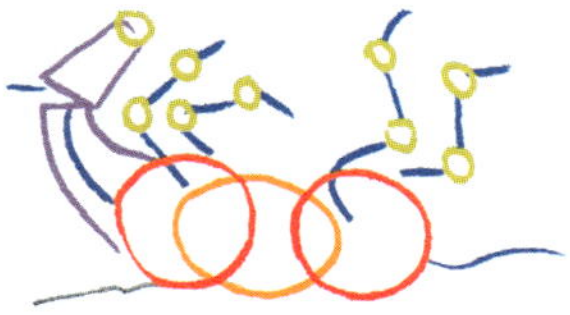
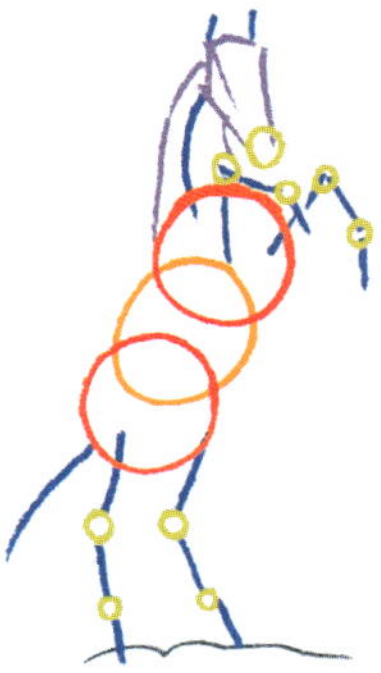
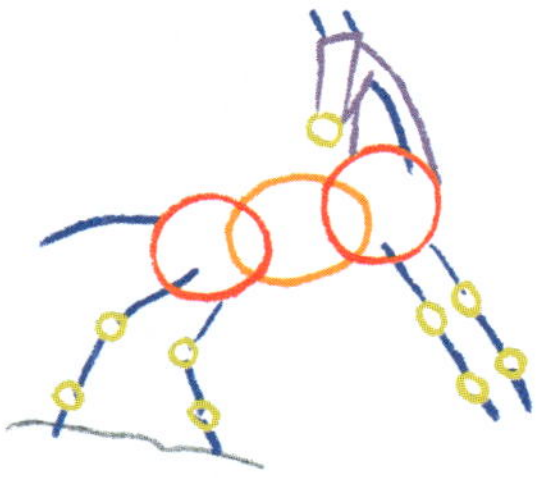

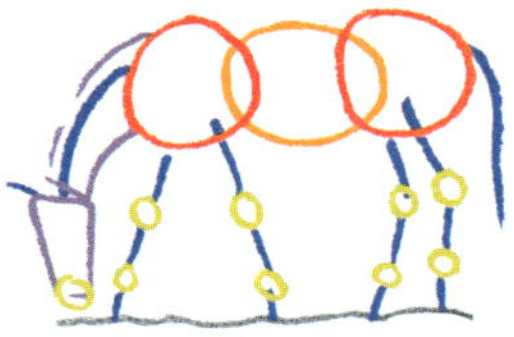
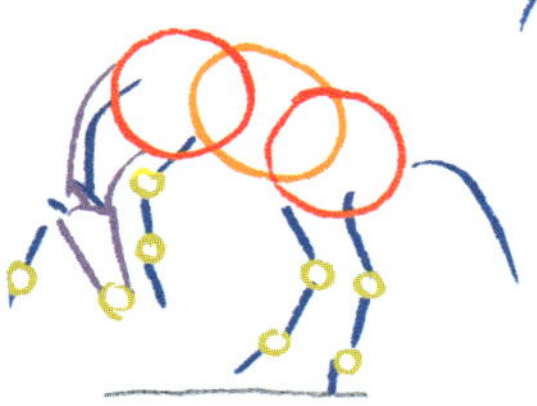

TIP

Practice as much as you can – drawing from memory and imagination, and sketching from life when you can. Look at works by really good artists and learn from how they do it.

Keep a sketch book with you (as well as a camera). You never know what you might come across!

Starting Out

Exercise 1

Join the dots with your favourite pencil – get used to drawing the basic shapes (circles, ovals, wedges of different sorts). These shapes will help you to draw *any* horse or pony doing *ANYTHING*.

Then practise them in your sketchbook – on their own as well as overlapping, and joined up.

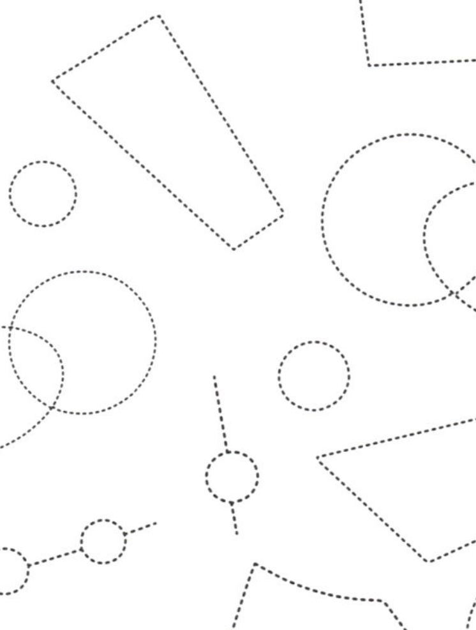

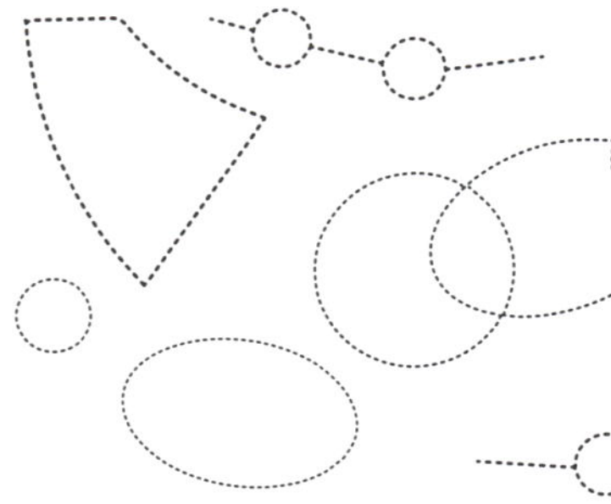

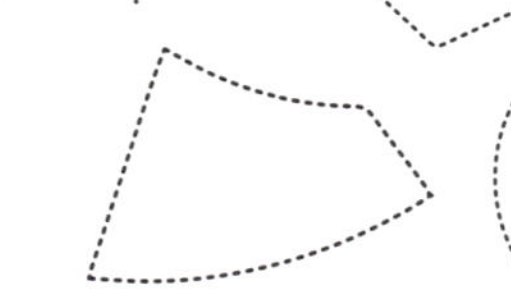

Exercise 2

Pencil over the shapes below (which have been started off for you), then add the outline and a mane and tail.

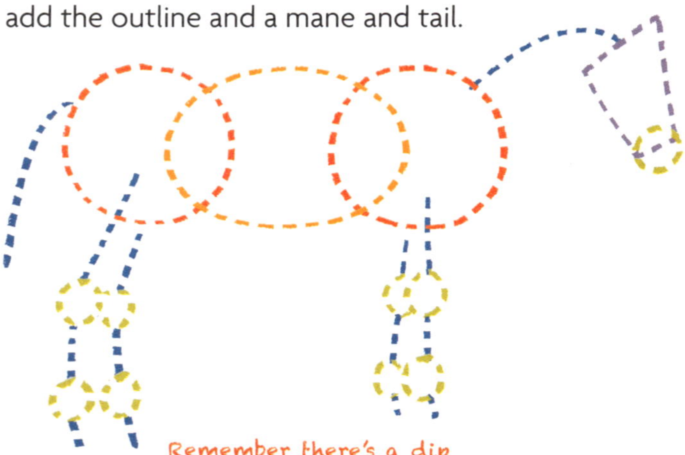

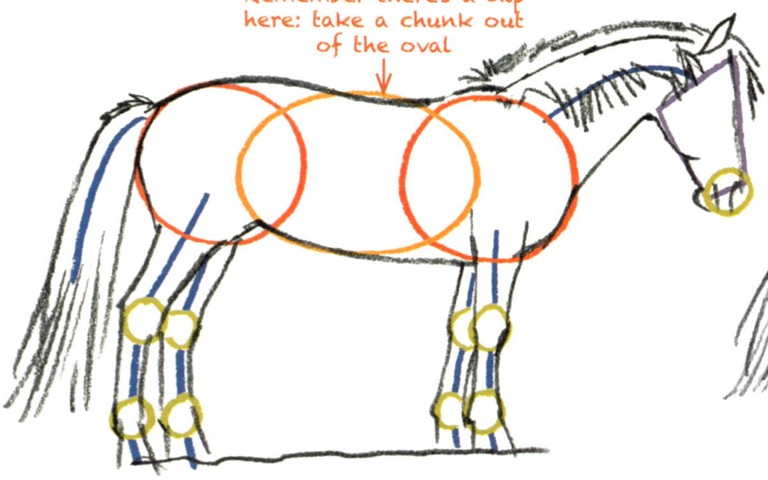

TIP

As a guide, the length of the head is about the same as the width of the girth, and the measurement from ears to withers is about the same as the one from withers to tail.

Drawing an Arab and a Heavy Horse

STEP 1 Two circles and an oval, overlapping, with lines for neck and tail.

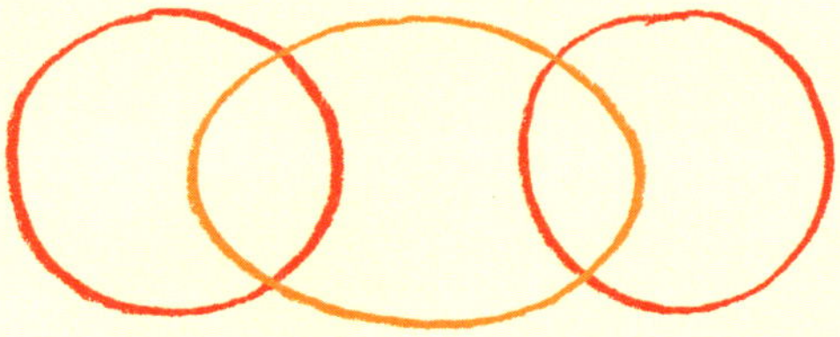

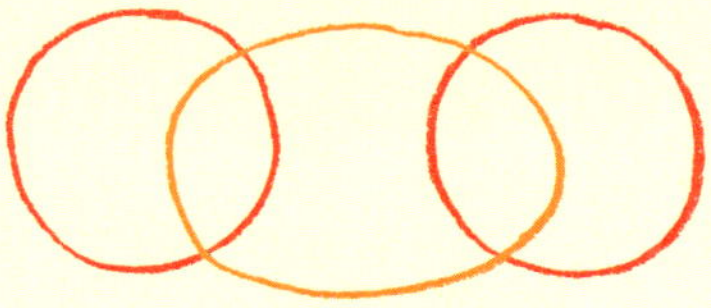

STEP 2 Add wedges for the neck (big, possibly curved) and head (small with a circle on the end). Put lines for the legs, and circles for knees/hocks and fetlocks, within a big square (or an oblong for long-bodied, short-legged horses). This will act as a guide to help you make them the right length.

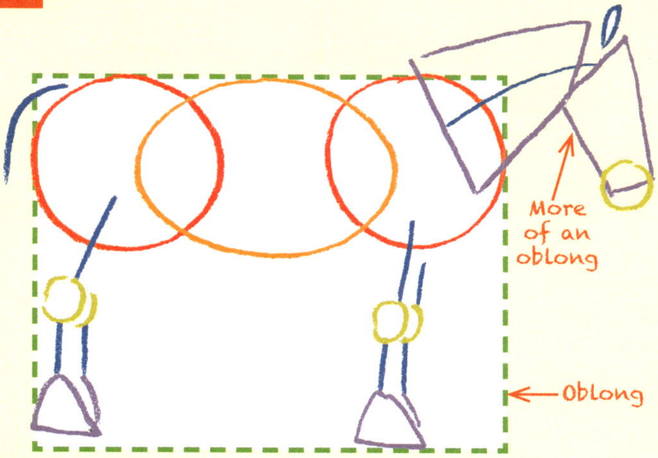

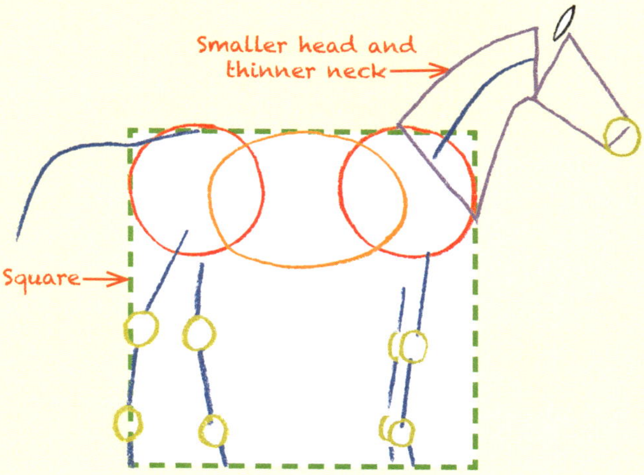

STEP 3 Draw the outline, add details and then some shading.

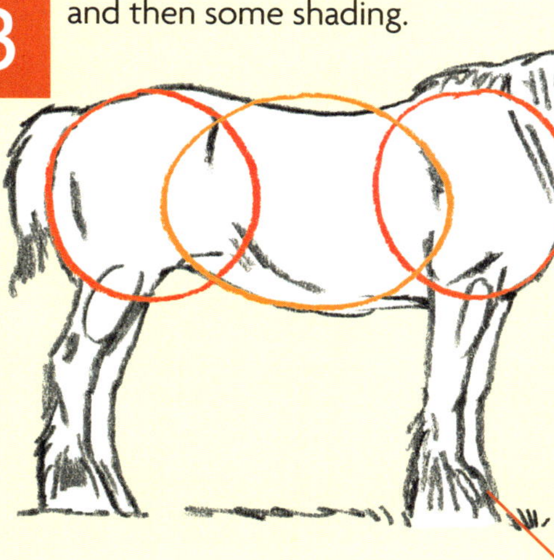

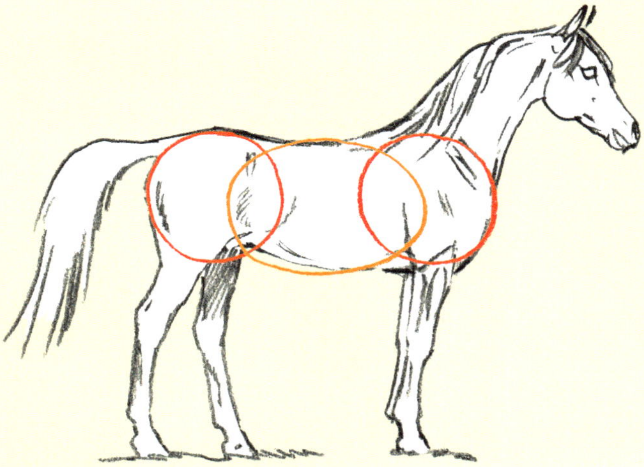

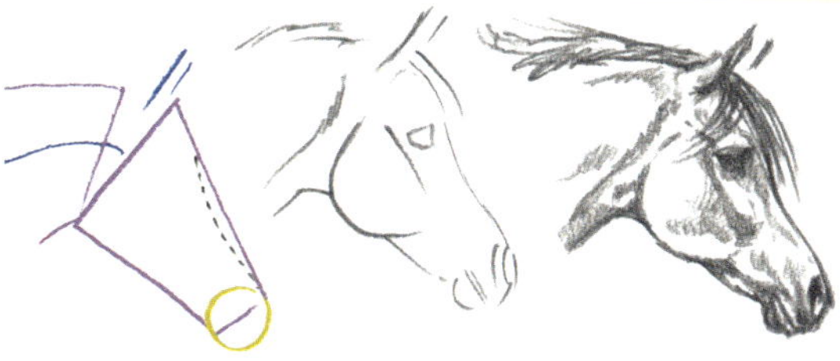

Drawing *concave* (dished) head shapes

Drawing *convex* (Roman) head shapes

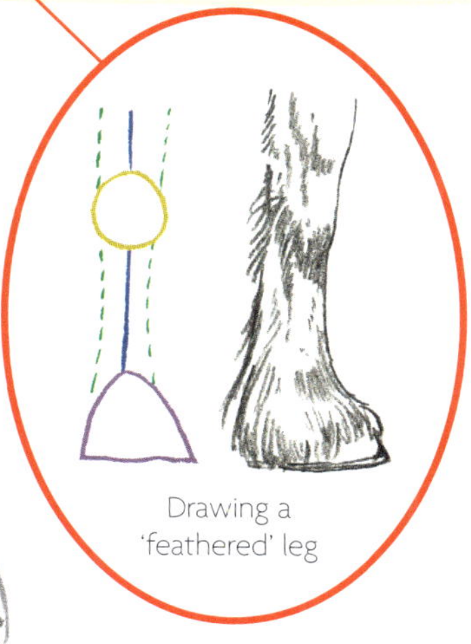

Drawing a 'feathered' leg

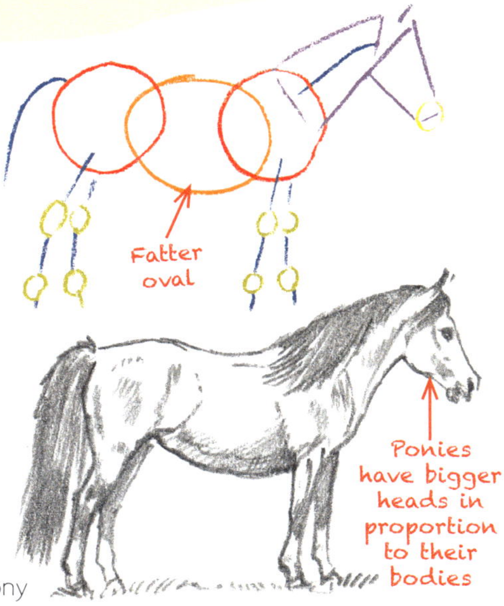

Small pony

Going to 3D!

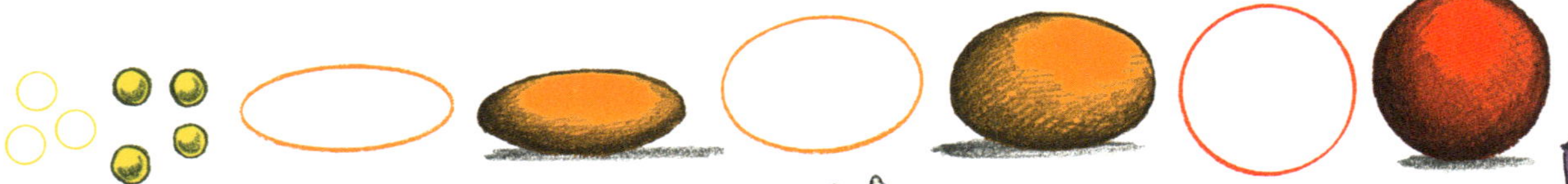

Build up the separate simple shapes into the more complicated shapes you need. Think of them as lumps of modelling clay which can be squashed together, with lengths of cocktail sticks for legs... and little lumps for the leg joints.

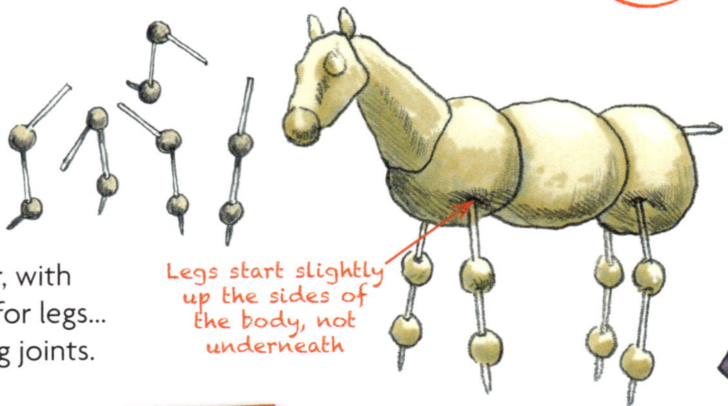

TIP

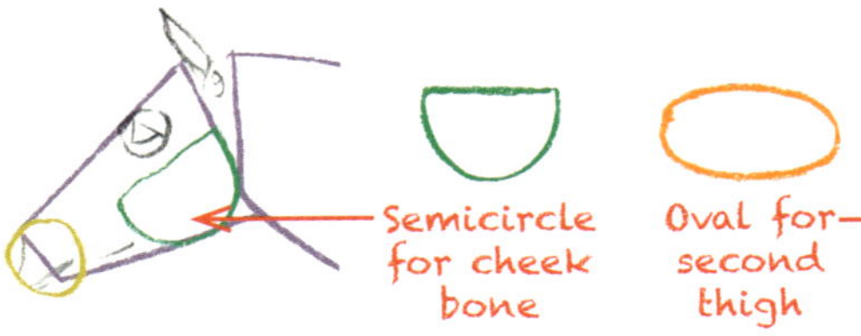

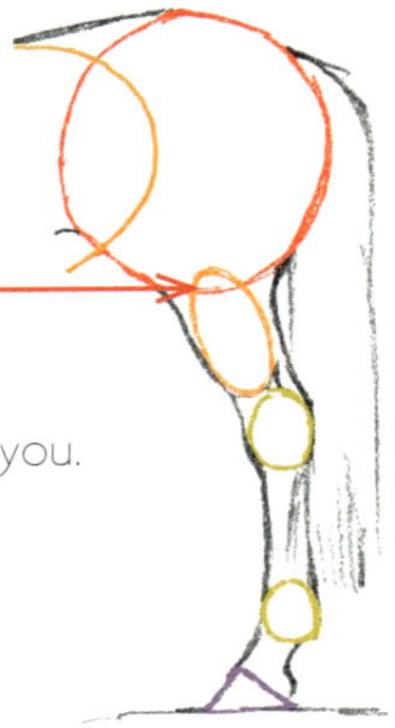

There are extra shapes which will help you.

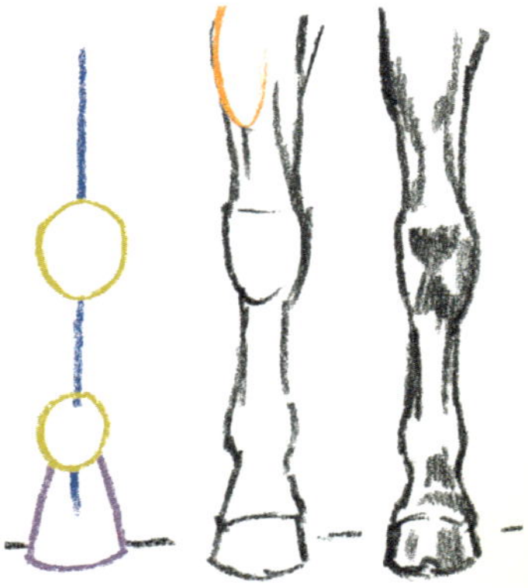

Drawing knees and hooves from the front

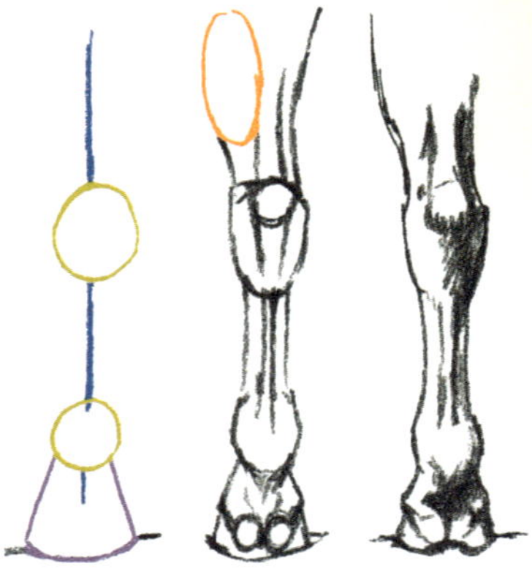

Drawing hocks and hooves from the back

Set ears in the gap between the neck and head wedges (not on the top of the head, but slightly down the sides).

STEP 1 See and draw the basic shapes.

STEP 2 Use the shapes to determine the rough outline.

STEP 3 Shade it in, showing the main muscles and bony bits.

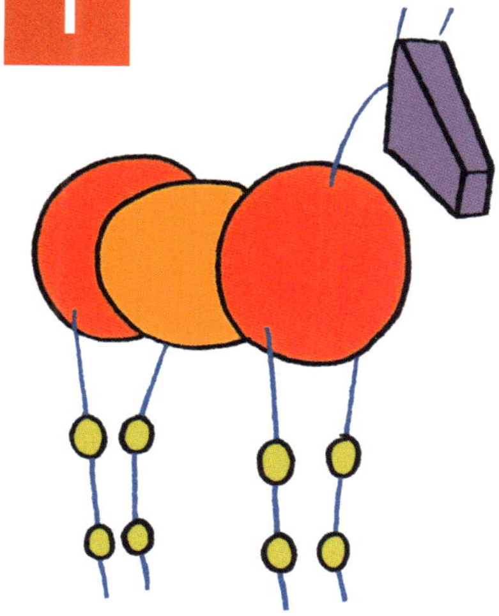

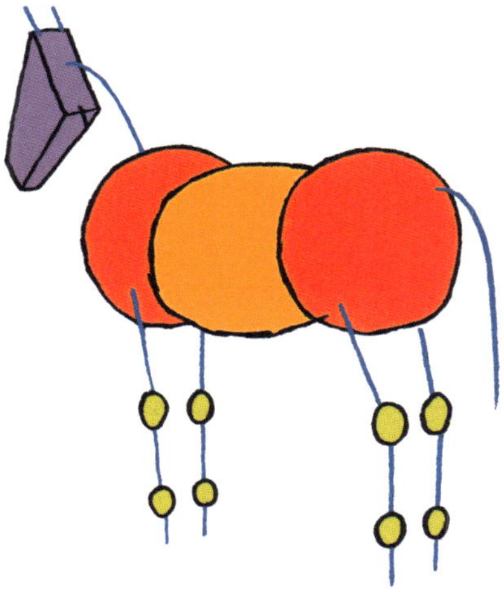

TIP

Lots of hair can help cover up difficult bits!

Add character to your drawing. Surprised...greedy... bored? What is your horse feeling? Find a way to show it through his body language.

Walking

STEP 1 The body basics and neck/tail lines.

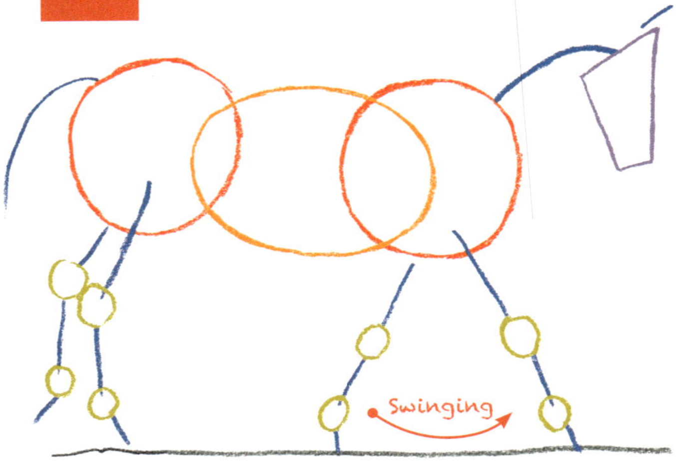

Horse with long legs = long sweeping stride

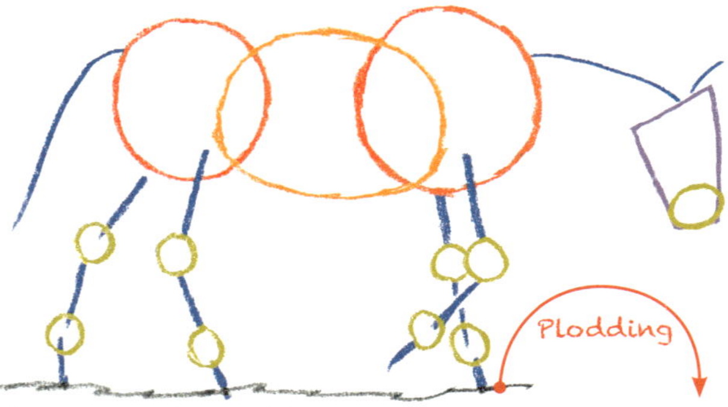

Lazy cobby pony = short stride

STEP 2 Add leg shapes and neck and head wedge shapes.

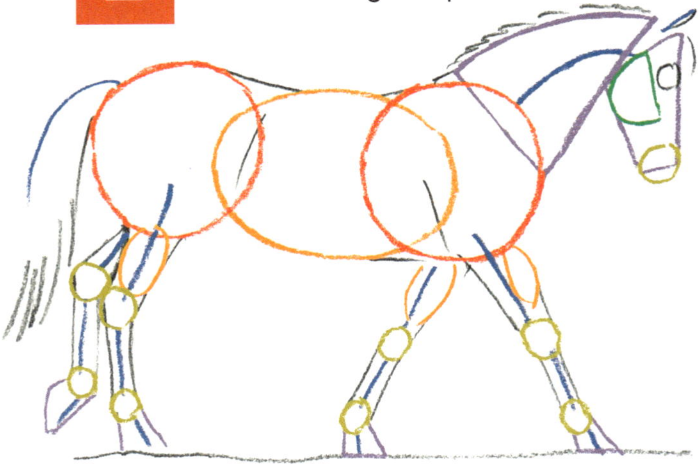

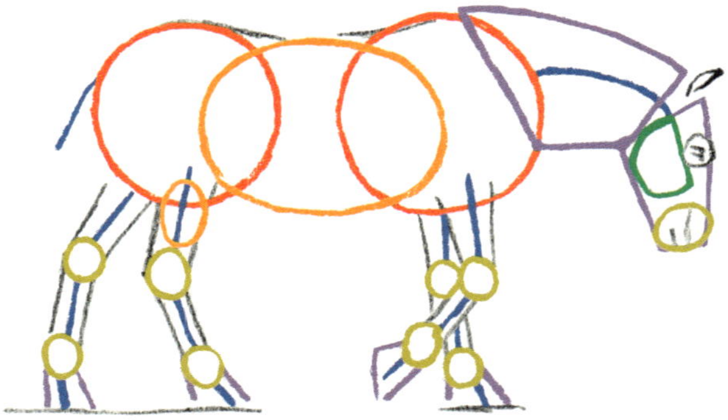

Footfall at Walk

Start with the body basics. Think before you go any further: *how you will draw it?* What does your horse look like (cobby or breedy)? How is it feeling (lazy or enthusiastic)? What is its personality (easy-going or excitable)? Try to show all that in the way it moves!

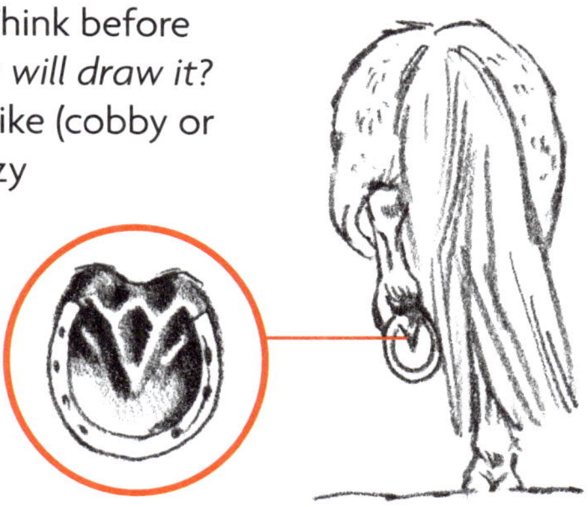

The muzzle starts with a circle, sketch in where the mouth and nostril go, then add the details.

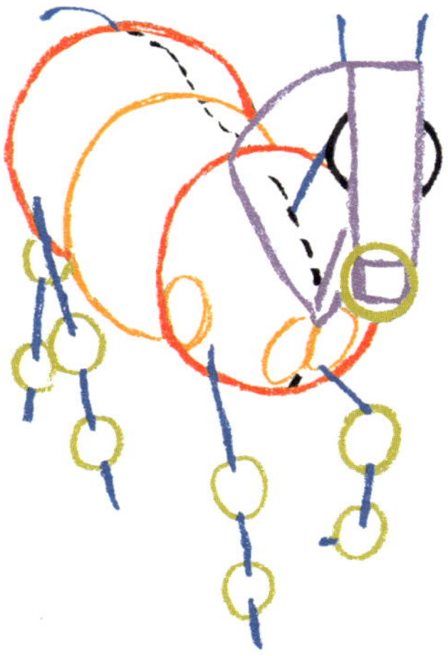

STEP 3

Make it look like a horse!

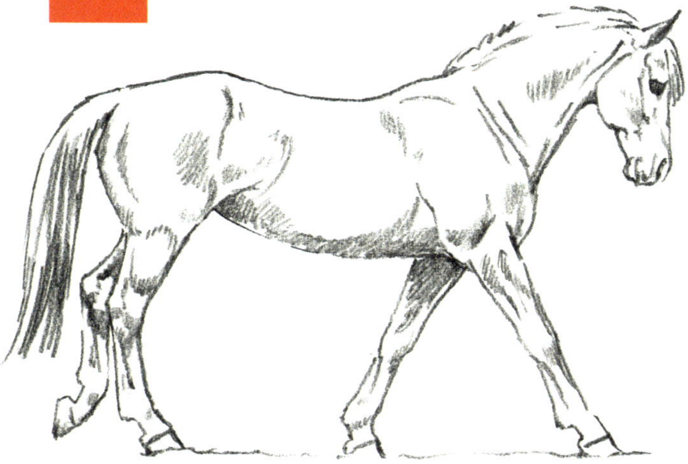

When you want to draw horses from unusual angles, think about what the legs on the other side are doing...do a quick 'see-through' sketch – where do the legs start, and what are they all doing?

Trotting

The shape/conformation of the horse or pony affects the way it moves.

STEP 1

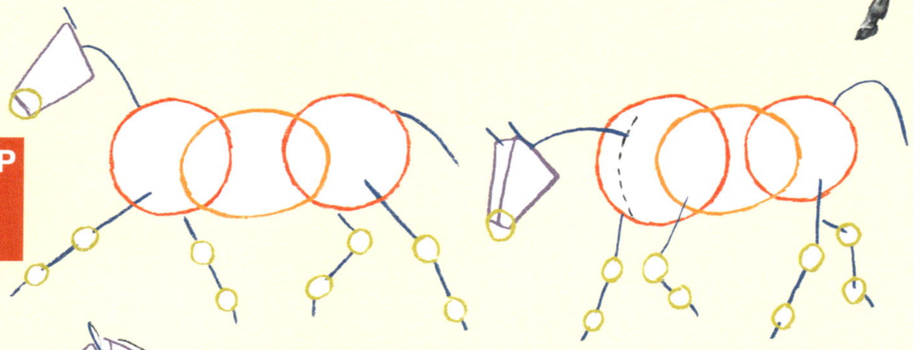

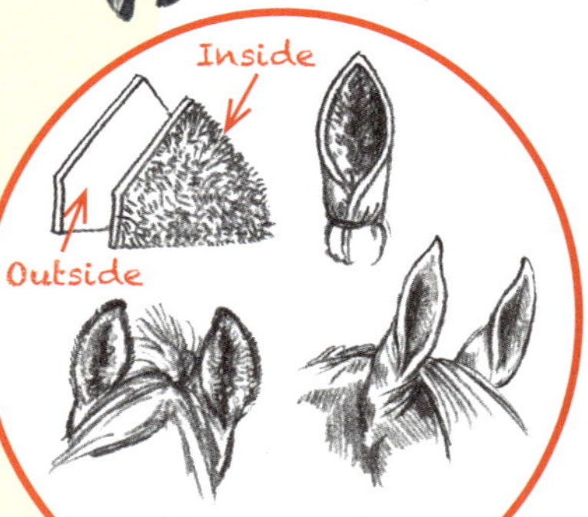

Hairy ears and clean ears

STEP 2

STEP 3

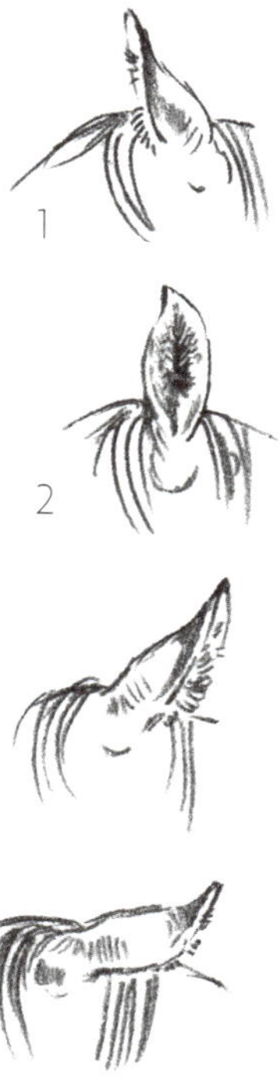

The ears pivot:
(1) Pricked forward and listening.
(2 and 3) Sideways and wary.
(4) Flat against the skull – frightened or bad-tempered or when racing and making a huge effort.

Footfall at Trot

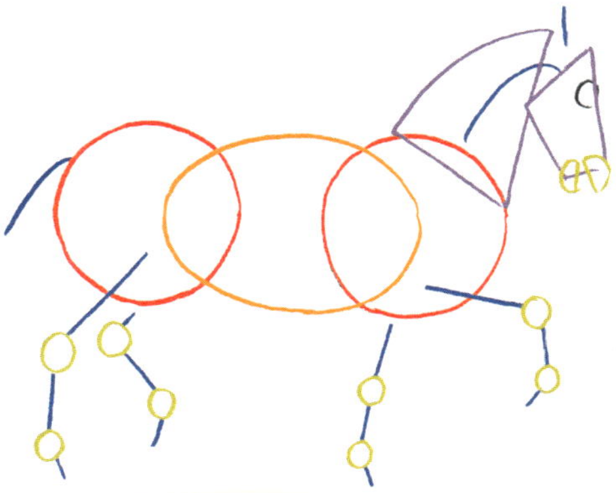

Some breeds have been developed to have a very distinctive trot. The Hackney and American Trotters have a very high knee/hock action. The Arab and breeds influenced by it (like the Welsh Mountain pony) often have a sweeping 'daisy-cutting' trot.

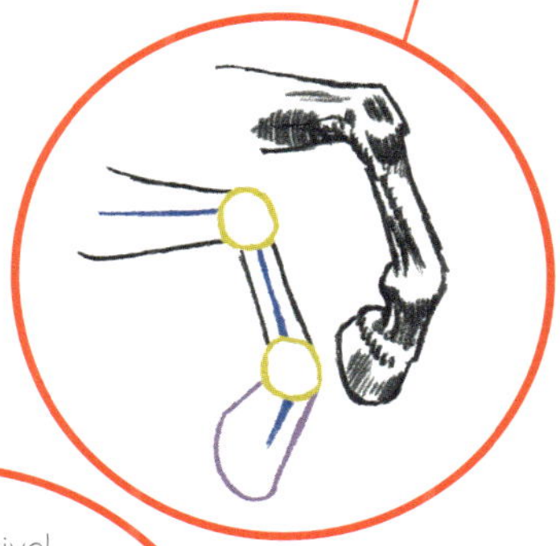

STEP 1

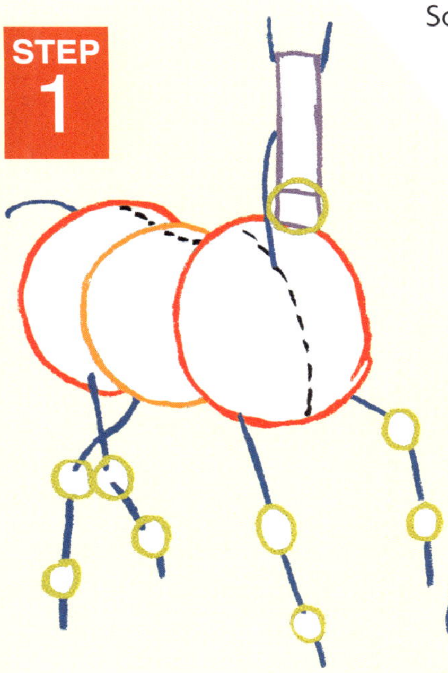

STEP 2

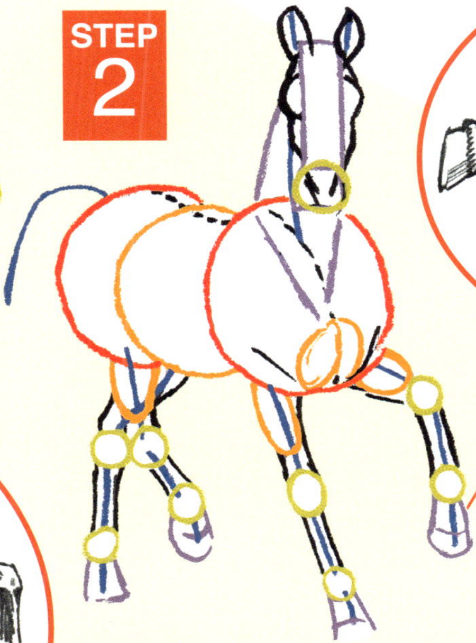

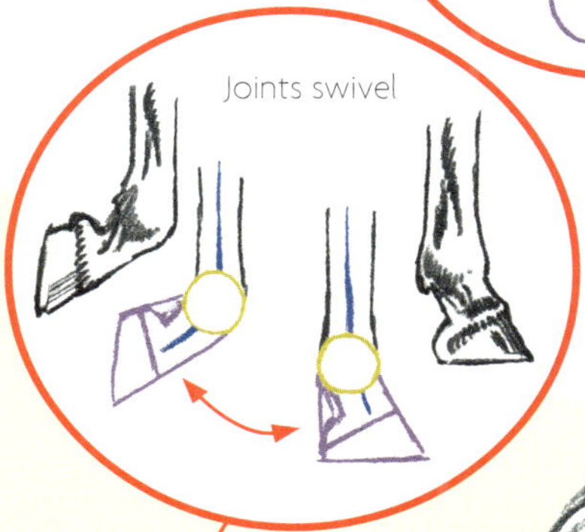

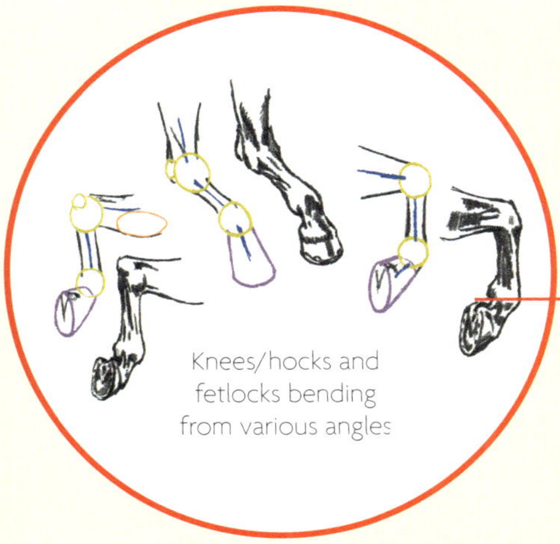

STEP 3

Cantering

Cantering is a lovely gait to draw.

STEP 1

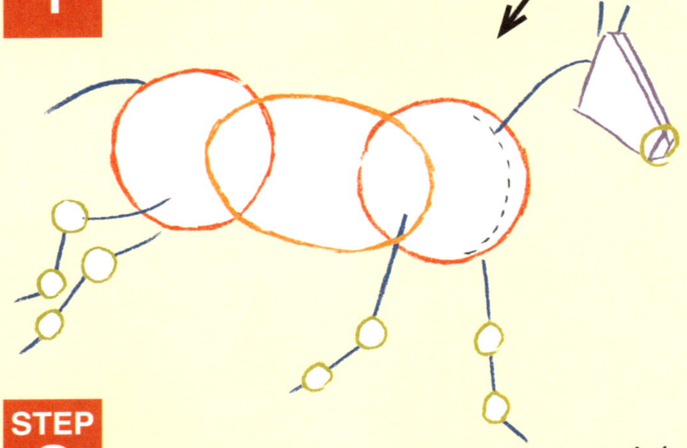

Flexion of the neck; different angles of 'head carriage'

STEP 2

STEP 3

Footfall at Canter

Colour and details close-to are bolder and brighter than things further away.

STEP 1

You can make your drawing more exciting by just detailing or colouring in the part of it nearer to you.

STEP 2

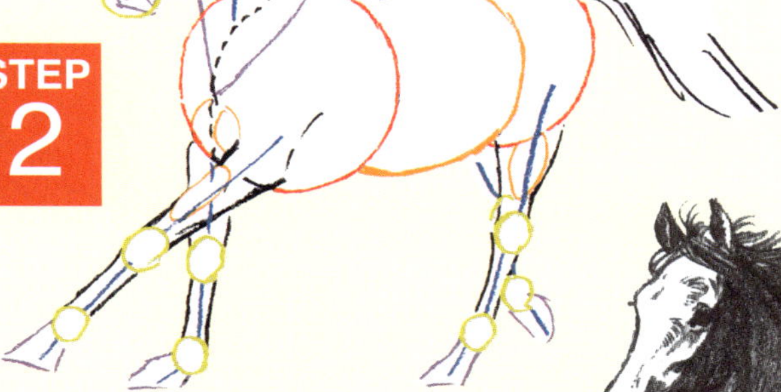

STEP 3

Galloping and Racing

Before photography, artists used to paint all galloping horses in an 'up-in-the-air and legs-extended' formal pose. NOW we know what really happens.

If we draw several horses racing, yes, their bodies and necks are stretched right out, but the leg movement is circular, with only a short 'elevation' when all four legs are off the ground.

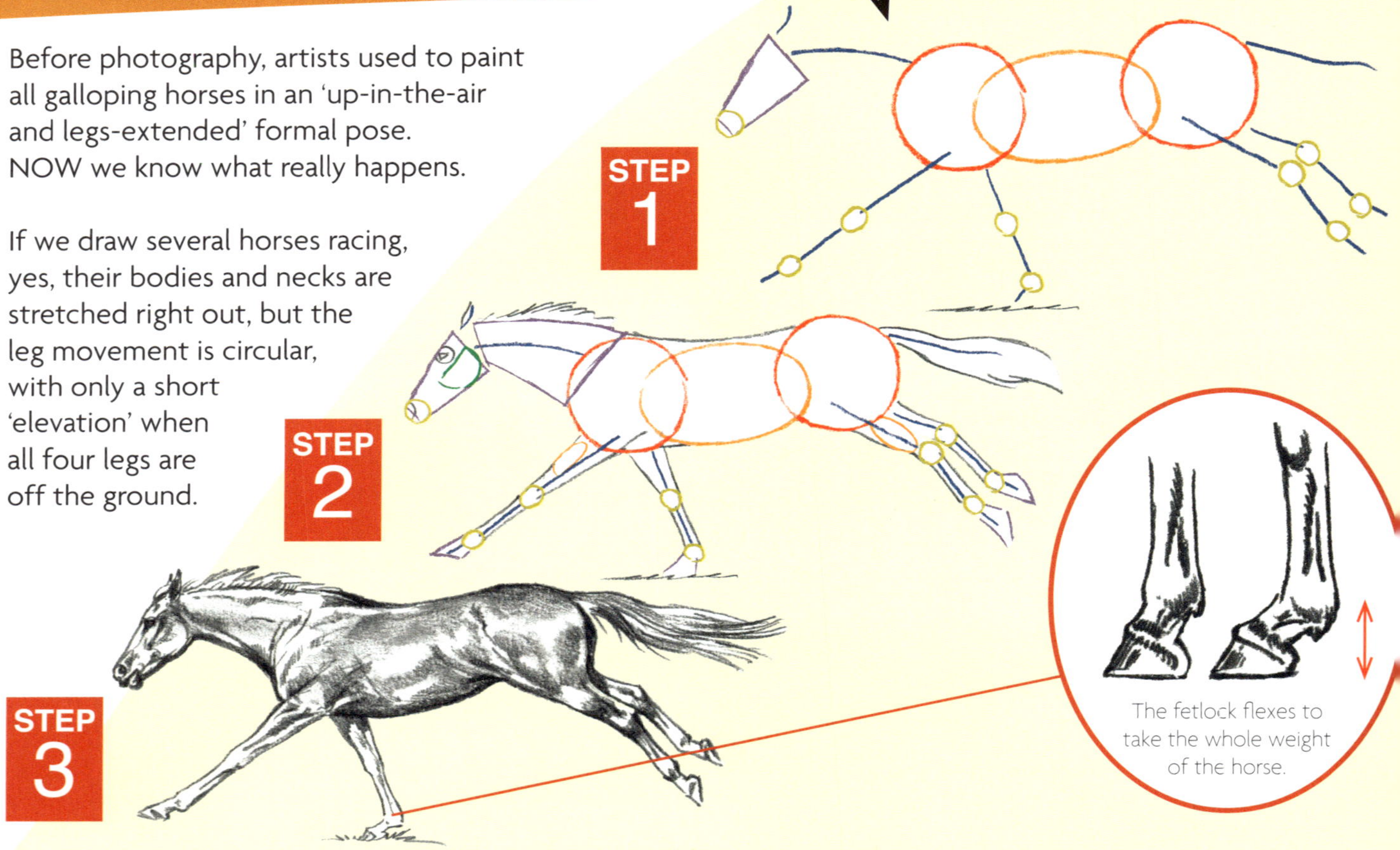

The fetlock flexes to take the whole weight of the horse.

Footfall at Gallop

There are other ways to show speed, like multiple lines, and vague or blurred lines (like a photograph on too slow a speed).

Racing – a worm's eye view.

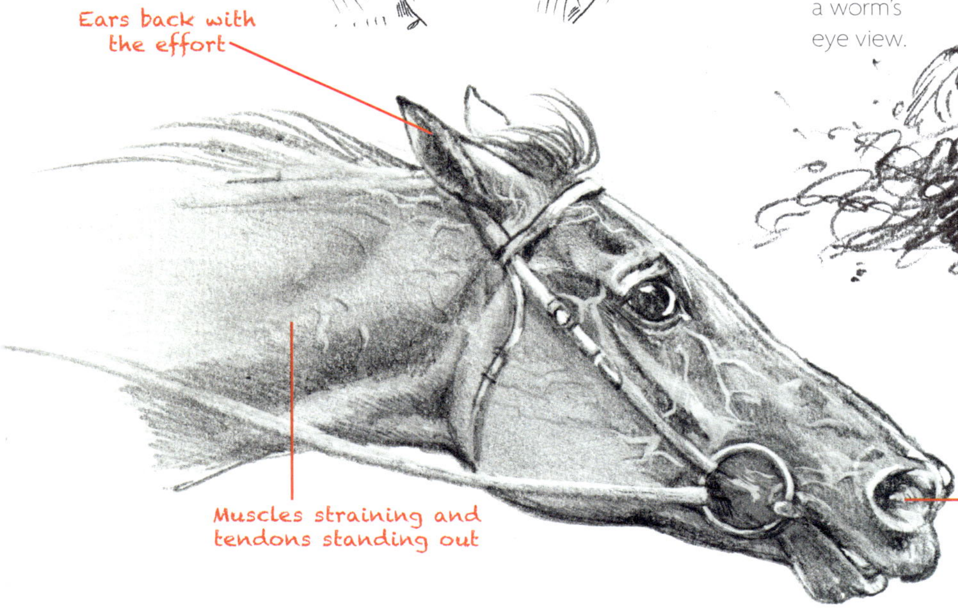

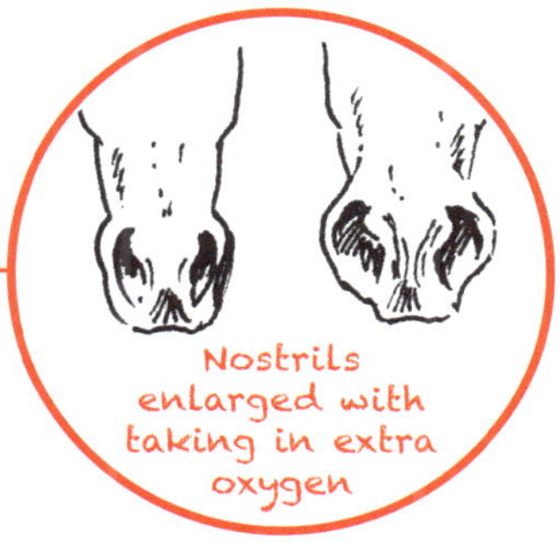

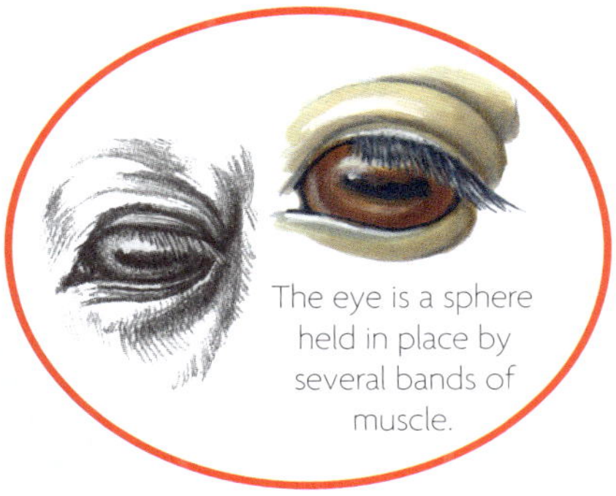

The eye is a sphere held in place by several bands of muscle.

Shetland pony racing ...not all racehorses are thoroughbreds...

Rearing and Fighting

All natural movements can be controlled and trained – Haute École, film and stunt work.

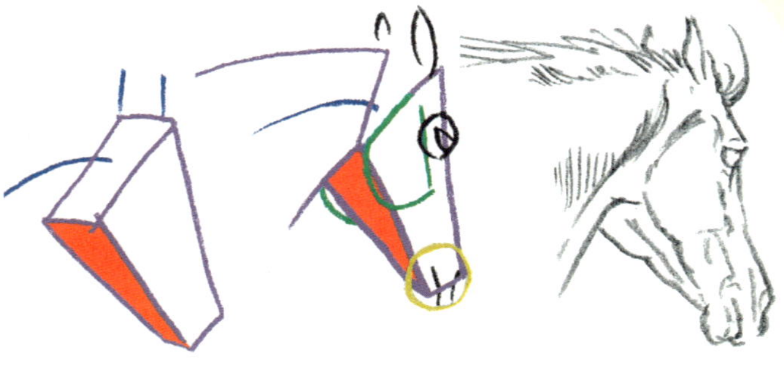

The jawbone (underneath) is a triangular shape.

Two wild ponies – off-balance and moving fast and aggressively – they don't have to hold a controlled pose.

STEP 1

STEP 2

STEP 3

Bucking and Shying

Try to achieve a dynamic sense of movement...maybe leave part of your drawing vague to imply dust clouds or legs out of focus.

STEP 1

STEP 2

STEP 3

Sports that use – and encourage – natural bucking and shying movements: mounted games, barrel racing, jumping.

Tricky Bits...

Grazing

The neck doesn't bend from the top – the neck bones are in the middle, so the top muscles (along the mane) have to stretch, and the throat muscles underneath contract.

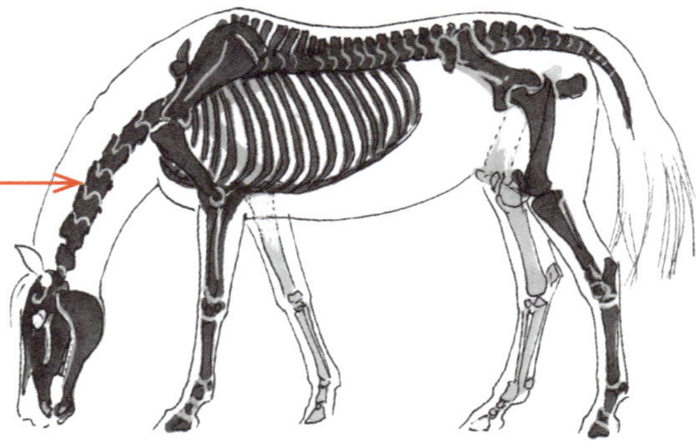

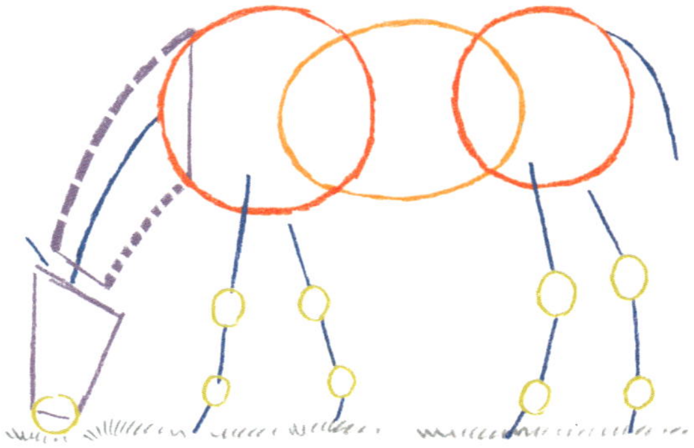

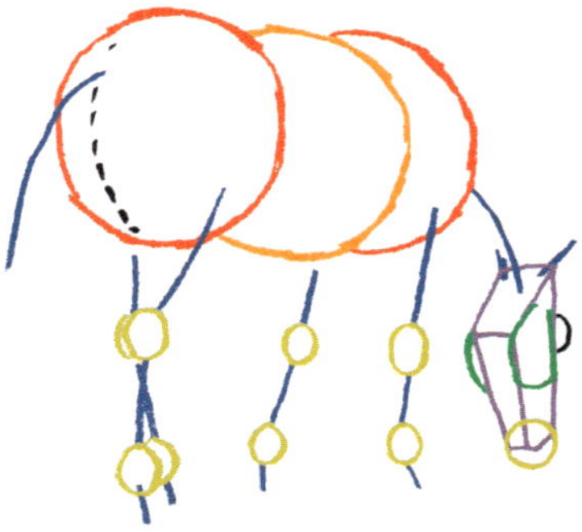

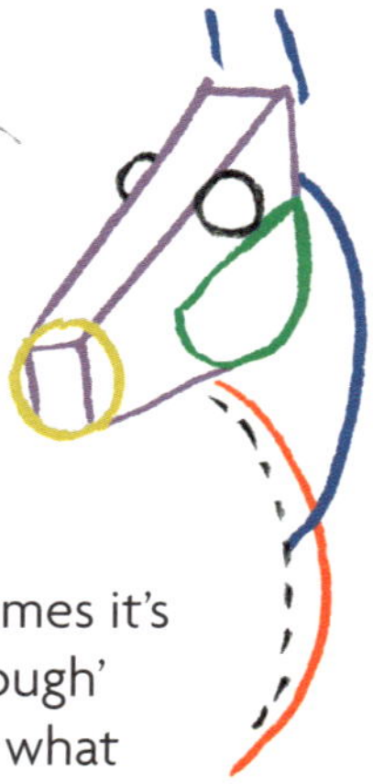

Turning Heads

Know what is hidden: sometimes it's useful to do a quick 'see-through' sketch to remind yourself of what you don't see but you know is there and is important.

Rolling

Keep thinking of how the basic shapes work...and know their limitations as well; the ways the legs stretch out and bend at the joints but they don't twist. If in doubt, go back to basic shapes.

...and Foals

A foal's legs are long in proportion to its body: they're almost the same length as the mare's. The muscles develop as it grows, so the legs look knobbly, but its hooves are very delicate.

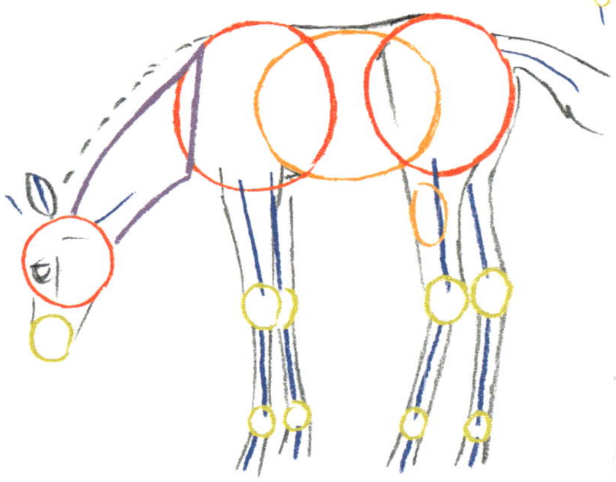

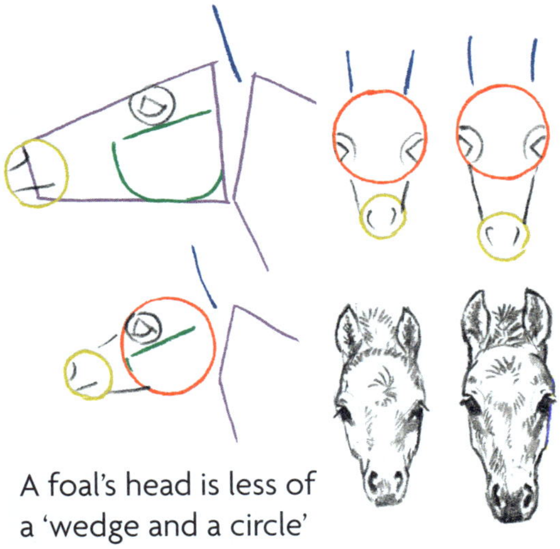

A foal's head is less of a 'wedge and a circle' than an adult horse's, and more like two circles.

Foals of different breeds: fine-skinned to fuzzy

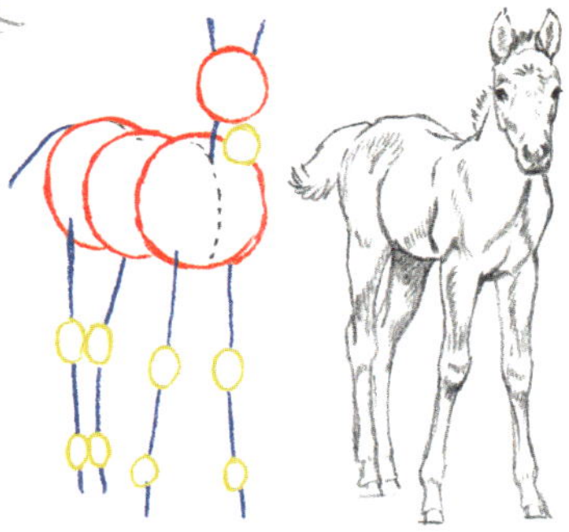

Heads...

Yawning shows how the jaws work, screwing up nostrils and eyes.

Remember the simple basic shapes, then there are useful extras to think about; the flat or curved slabs of muscle, the ligaments and tendons, where the bony bits are, different proportions to suggest character (and quick ways of drawing them).

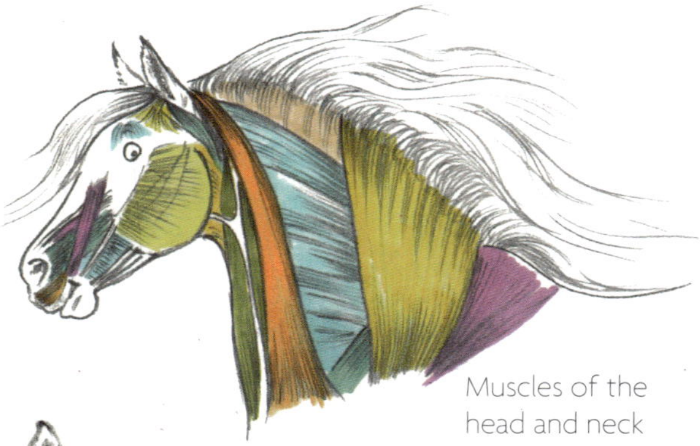

Muscles of the head and neck

Front Views

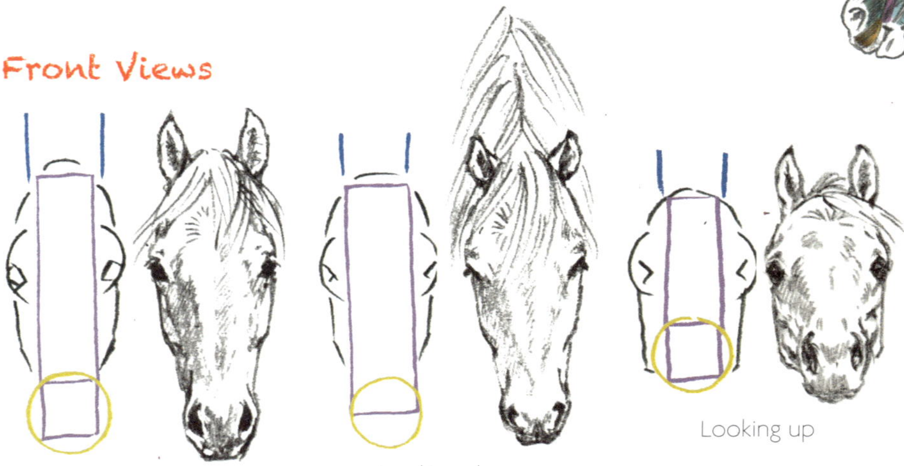

Looking down

Looking up

TIP

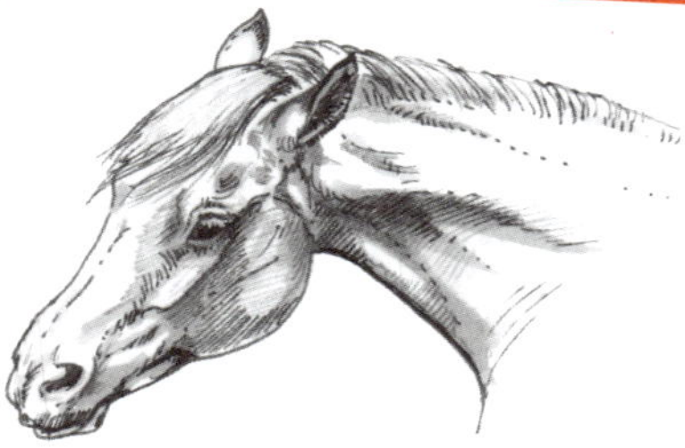

You can see muscles at work much more clearly in lean horses.

Different Types of Head

Horses' heads are longer and usually narrower than ponies' heads.

Clydesdale

Thoroughbred

Exmoor

Welsh Section B

Short (hogged) mane

Long fine mane

...and Drawing Portraits

Give your model an incentive to keep still for a while!

Working from life

As well as thinking about the basic shapes (wedges, circles etc.), look at the angles – find the 'negative shapes' outside the actual head shapes... imagine the verticals and horizontals. Sketch the main shapes lightly and quickly then draw in the detail as accurately as you can.

TIP

Work on several smaller sketches on one sheet of paper so that if your model moves about a bit you still have a pose to work on.

Working from Photographs

Reference photos need to show the personality of your subject. Get lots of practice copying pictures of horses from books and magazines and great paintings – but if you're going in for competitions or exhibitions be ORIGINAL! Use your own photographs, or get written permission from the photographer.

A sunny day shows off a lovely bone structure.

GOOD Photographs

A lucky shot showing great attitude.

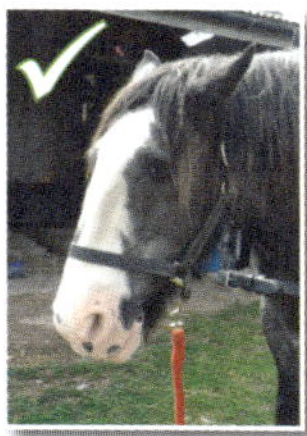

Capture your horse's most characteristic expression!

A contrasting background can be dramatic.

TIP

To get good likenesses, identify the features of your subjects that make them different.

BAD Photographs

Choose your references carefully: these examples show; too much foreshortening, being out of focus, over-exposed, badly-framed – or just an unfortunate expression.

Riders

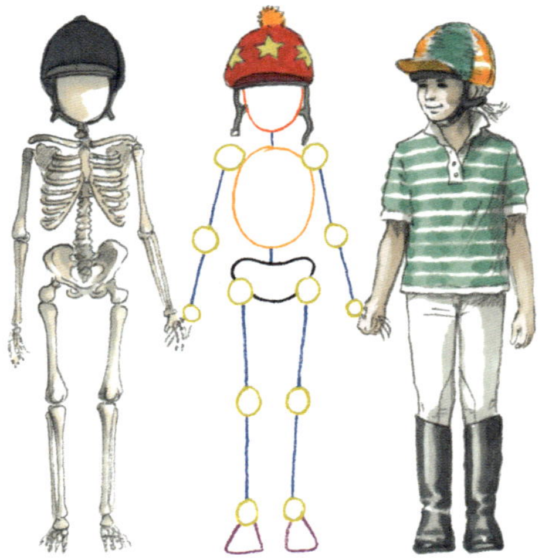

People can be seen as a set of shapes based on the bone/muscle structure too, and this will help you to draw them in any pose or movement. Try it out.

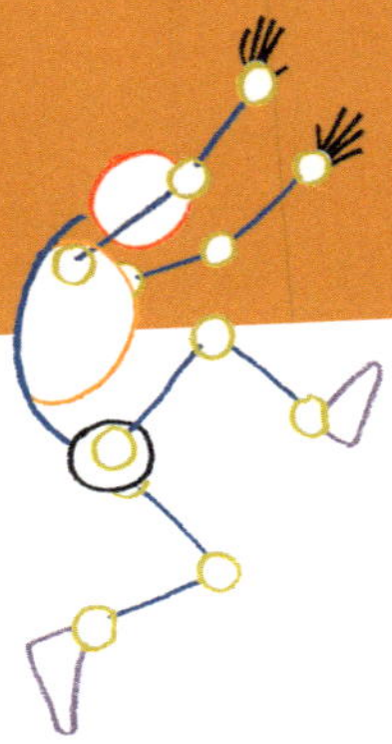

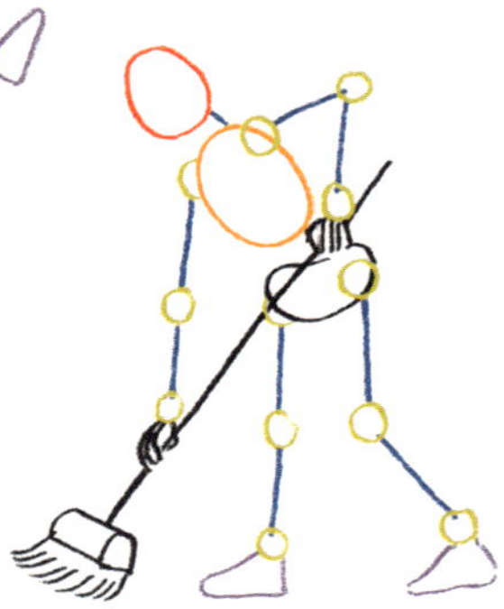

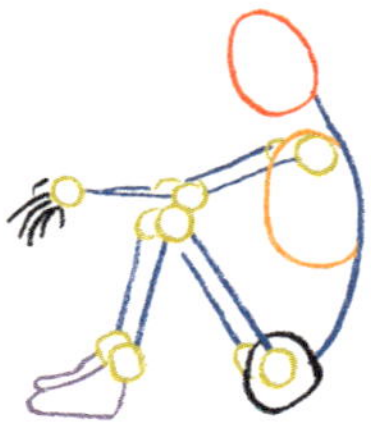

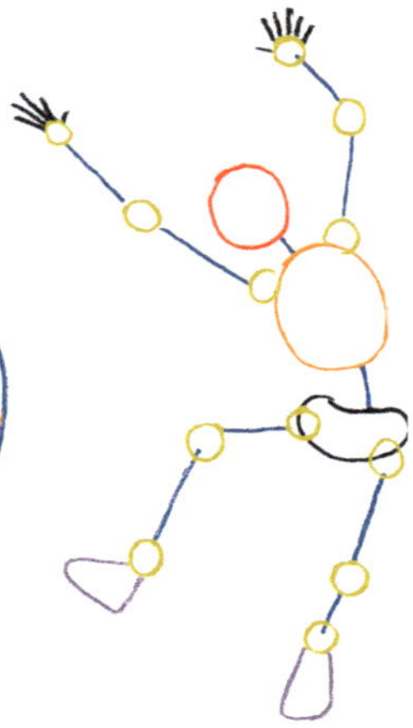

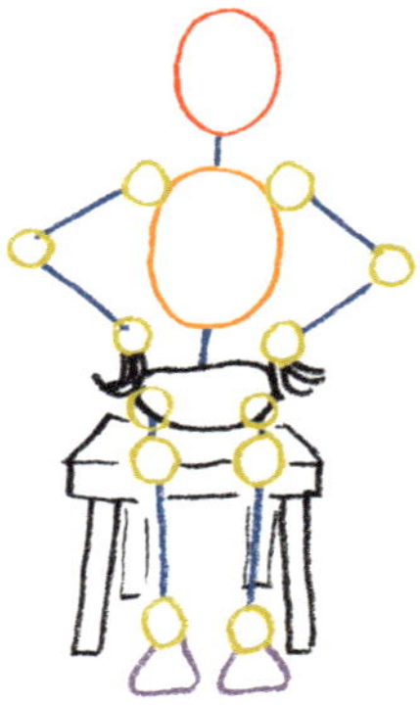

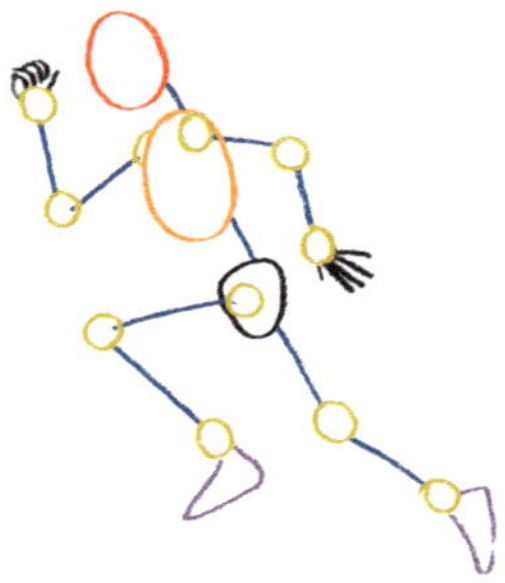

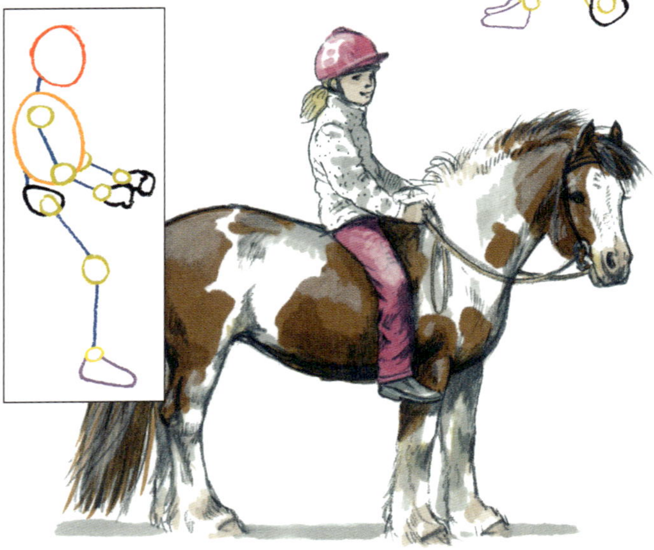

Bareback rider – the legs hang down naturally.

Dressage – very straight legs because of longer stirrups.

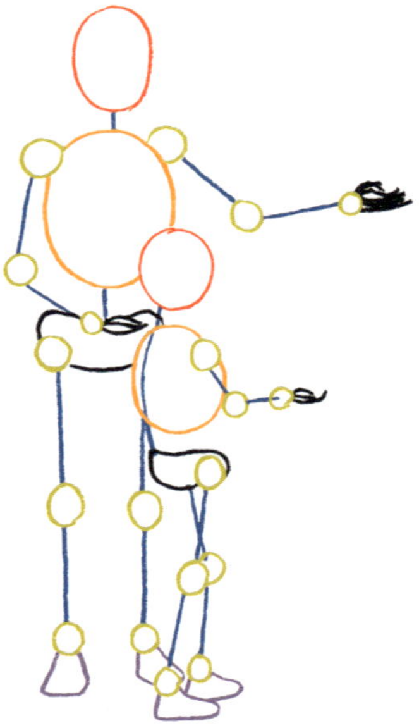

Adults are taller and wider, but their heads may not be *a lot* bigger than a child's.

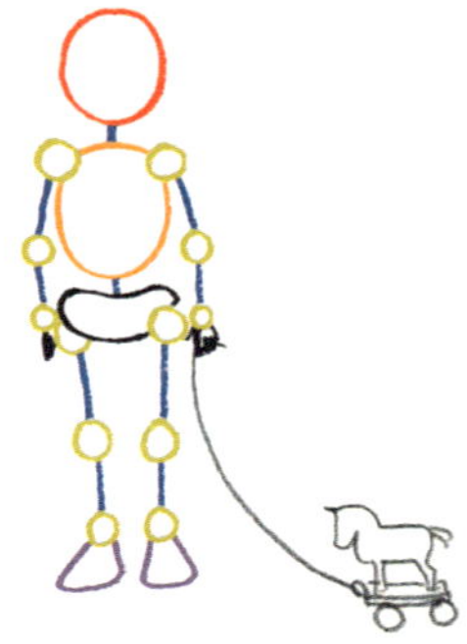

Don't always do the predictable pose... a view from below can be dynamic, but is quite a challenge to draw!

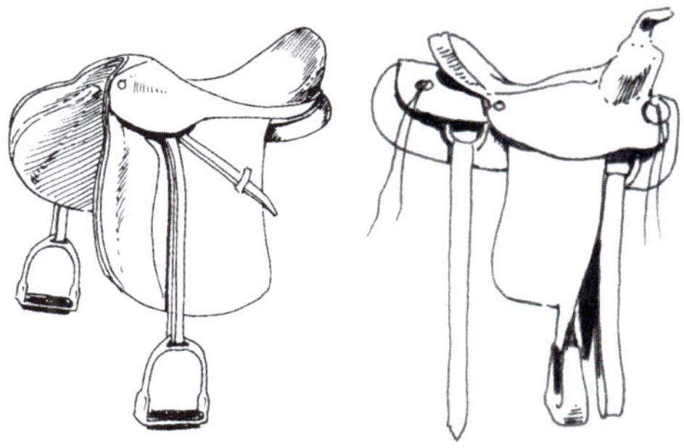

English General Purpose saddle (left); American saddle (right).

Jumping; think what it feels like to ride the movement, and where legs, body and arms should be.

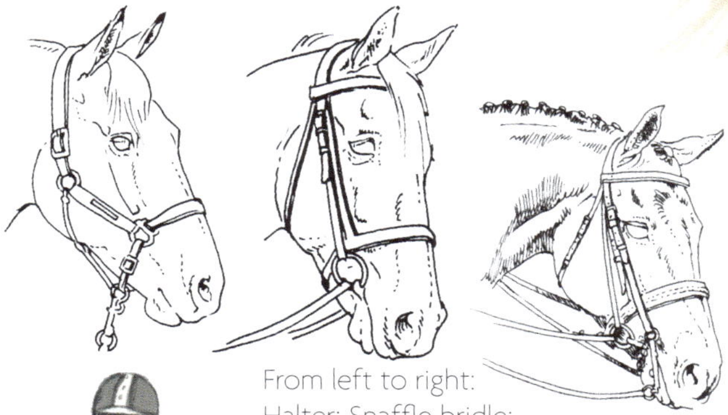

From left to right: Halter; Snaffle bridle; Double bridle.

Foreshortening

Think of the leg and arm coming towards you. They look shorter and wider than from the side.

American – legs longer and relaxed position for long periods in the saddle.

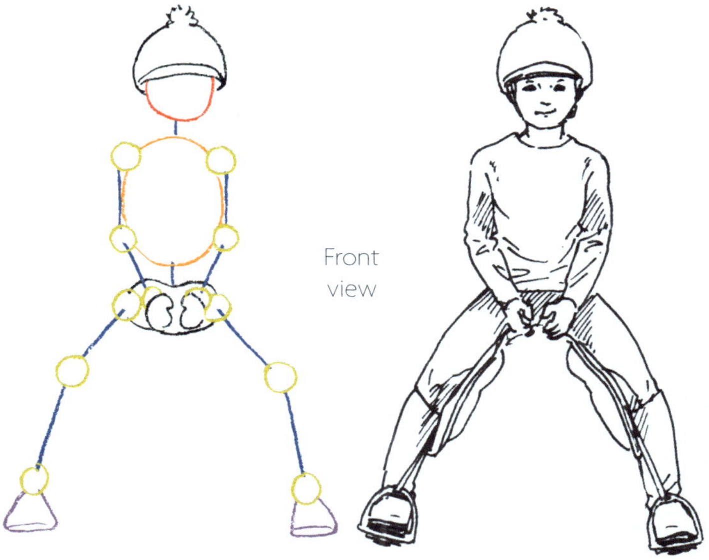

Front view

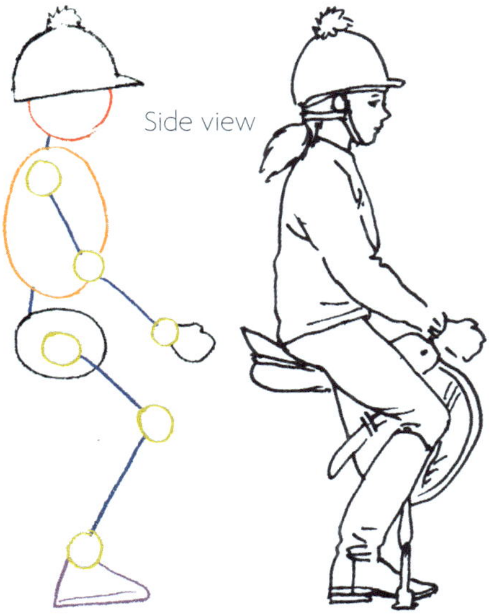

Side view

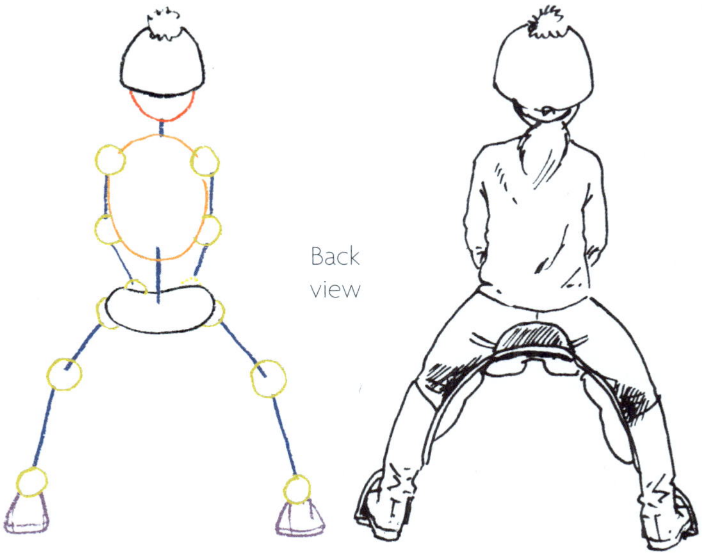

Back view

Drawing Techniques

Drawing pen

Felt tip

Soft pencil (4B)

Brush end felt tip

Charcoal and chalk on grey paper

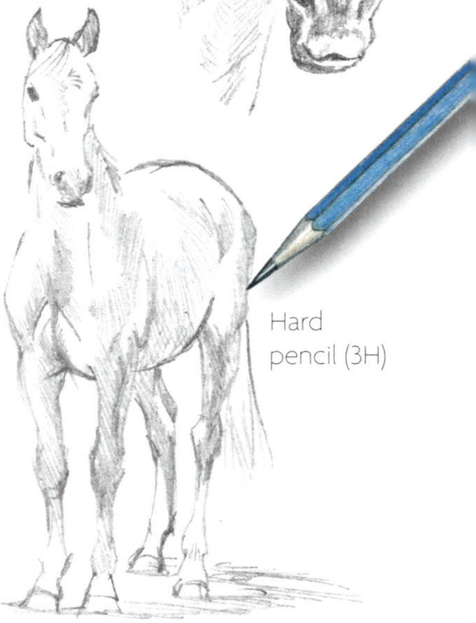

Hard pencil (3H)

Fibre tip pens: black inks on white (no shading)

Combination of hard pencil and soft pencil

Conte crayon

Black watercolour crayon and wet brush

Charcoal and softener

Quirky, Quick and Clever

Thin brush dipped in black drawing ink

Design work (think of book illustration) in pen and ink. You can sketch it out in pencil first and rub it out when the ink is dry.

Fast sketching with soft pencils (4B is nice)...don't worry about going wrong, just start another sketch.

Scribbling and doodling – can you do a whole drawing without taking your pen off the paper?!

White ink pen on black background

Silhouette

If You Have Lots of Time and Patience...

Pastels, charcoal and chalk; best on a paper with a coloured/mid-tone background colour. Concentrate on the shadows and highlights.

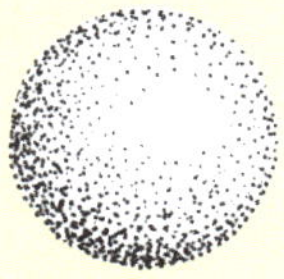

Stippling; with felt tips or pens/ink. Practise getting the effect on simple shapes first, the dots need to be evenly spacing or it'll look blotchy. Don't work too big unless you've got a lot of time and patience!

Fine pencil work (use a mixture of soft to fine: 4B-4H pencils); use a smooth art paper, not heavy cartridge, start with the middling soft pencils (like the B) going over your drawing with increasingly finer pencils (but don't press harder or your paper will tear!) which give fainter, greyer lines and then the softer ones for darker areas at the end.

Using Colour

Oil Painting

Traditional/Realistic

One technique is to paint using shades of grey, then add layers of colour thinned with pure turps or linseed oil (or mixed together) or a commercial medium. You can even get some which don't smell!

Impressionist

Use thick, neat paint, mixed on the palette or straight from the tube and experiment with different sizes and types of brush.

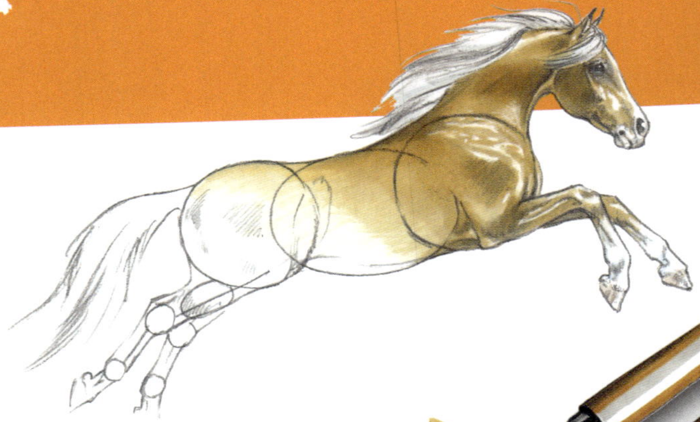

Felt Tips and Double-ended Markers

There's a huge range of colours, and they can be blended too. These are really fun to use. Most of the illustrations in this book have been done with markers and pencil shading on top.

Acrylics

Water-based, can be used thickly or thinly in washes or layers, or you can get fun effects with a palette knife.

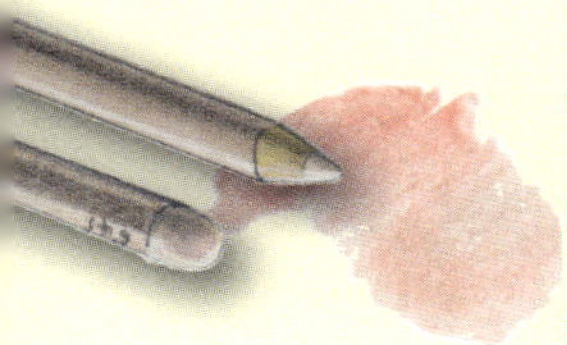

Pastels (Soft Sticks) and Pastel Crayons

Pastels create a lot of dust, so be careful you don't smudge one area when you're working on the next. Working on an upright board helps as the dust falls downwards. Protect your finished drawing with an aerosol sealant. Pastel crayons contain harder pastel than the sticks, so they can be sharpened and are good for details.

Watercolour

Start with paler, washy colours and build up with increasingly bolder/darker/thicker paint. White highlights can be thought about from the beginning (left unpainted, or marked with masking fluid which you peel off at the end) or added afterwards with opaque white.

With ANY water-based paint use thick good quality watercolour paper which won't buckle when you wet it. (If you're going to use a lot of watery paint use a block pad, or stretch your paper onto a board.) Have a small selection of really nice soft watercolour brushes, not a lot of scratchy cheap ones which won't hold paint when you need them to.

Flat Paint (like Poster Colour or Flashe)

Block in your shapes first, then add layers of increasingly brighter/ lighter colour, as it's opaque and quick-drying and if you go wrong you can paint over the mistakes. Leave the darkest shadows and brightest highlights till right at the end. Mixing a tiny bit of pale lemony colour into the white makes it dry even brighter!

Crayons and Watercolour Pencils

Dry sketch with crayons, then brush over with a bit of water, 'lift' the colour and move it around – blending it or fading it out.

Cartoons

The ability to draw 'properly' is a great help in cartooning intelligently. Train yourself to observe the important bits that will show character – as simply as possible.

Cartoons are fun drawings, whether they're 'realistic' or totally bonkers.

Exaggerate the character and body shape.

TIP

Go to extremes!

If it's cute, it's got to be...

...VERY cute.

Fat and hairy, tall and skinny, etc. etc.

Think of situations that make you smile! Make friends with your cartoons, develop their personalities and tell their stories!

What is your pony thinking?

Eyes and facial expressions are really important – make a 'face'...think what your individual features are doing!

Colour doesn't have to be realistic...

ENQUÊTES *sur l'art*

Gaëtan Serra

FSC
www.fsc.org
MIXTE
Papier issu de sources responsables
FSC® C018236

ISBN : 9782358323253

Conception graphique : Anne-Claire Méry et Le Studio d'exées.

Imprimé en Pologne par L&C Printing Group

Dépôt légal : octobre 2021

Loi no 49-956 du 16 juillet 1949 sur les publications destinées à la jeunesse.

ENQUÊTES *sur l'art*

palette...

SOMMAIRE

ALEXANDRE CABANEL

Qu'arrive-t-il aux deux hommes au second plan ?

Alexandre Cabanel

Date de naissance : 28/09/1823

Lieu de naissance : Montpellier, France

Nationalité : Française

Activité : Peintre académique.

Biographie : Issu d'une famille modeste, Alexandre entame sa formation à l'École des beaux-arts de Montpellier avant d'intégrer l'École des beaux-arts de Paris. Il devient ensuite pensionnaire de la villa Médicis conçue pour favoriser la création artistique dans toutes les disciplines. Son talent est rapidement reconnu puisqu'il reçoit la Légion d'honneur en 1855. Sa notoriété atteint des sommets avec la *Naissance de Vénus* : il devient alors l'un des artistes majeurs du Second Empire. Il est à l'apogée de son art lorsqu'il peint le tableau ci-contre en 1887.

16

LES DONNÉES DE L'ENQUÊTE :

Lieu : ???

Période : Antiquité

Type de tableau : peinture historique

Identité des victimes et des témoins : ???

Animal : le léopard.

Aire de répartition de l'animal : Afrique, Moyen-Orient, Chine.

17

Enquêtes sur l'art

INDICES

18

MORT SUR LE NIL

Dans un décor splendide, deux femmes assistent au spectacle désolant de personnes qui souffrent terriblement. Comment peuvent-elles regarder cela sans réagir, sans chercher à leur venir en aide ?

Réfléchissons au contexte. De nombreux indices nous permettent de situer l'action : les ornements sur les colonnes du temple et la coiffe du personnage central nous indiquent que nous sommes en Égypte antique. Les deux personnages centraux sont confortablement installés mais la femme de droite tient un chasse-mouche : elle s'occupe de sa maîtresse. Et à l'évidence, cette dernière est une reine : habits raffinés, bijoux en or, coiffe de cheffe, présence d'un félin à ses pieds comme signe de puissance. C'est Cléopâtre. On comprend mieux son absence de réaction. Mais qu'arrive-t-il à ces malheureux hommes ? Cléopâtre est-elle responsable de leur souffrance ? L'animal aurait-il échappé à la vigilance de sa maîtresse ?

Les trois personnages qui sont debout, sur le côté, sont des serviteurs de la reine. Ils obéissent aux ordres. On distingue une coupelle à terre, ainsi qu'une fiole dans la main de la servante. Au moins deux liquides ont été bus, avec des conséquences plus ou moins dramatiques.

Cléopâtre s'est servie de ses prisonniers pour tester de nouveaux poisons. La froideur de sa réaction glace le sang. Mais dans quel but prépare-t-elle des poisons qu'elle cherche à rendre indolores ?

Ce n'est pas pour ses opposants. Cléopâtre a perdu la bataille d'Actium face à Rome et ne souhaite pas voir son ennemi parader à Alexandrie. Ayant cherché le moyen le plus doux de s'ôter la vie sans altérer sa beauté, elle mettra fin à ses jours non pas avec un poison de son invention, mais par la morsure d'un serpent.

19

Chers lecteurs et lectrices,

Vous trouverez dans ce livre 20 œuvres d'art et autant d'enquêtes à résoudre.

Au début de chaque dossier, une question vous sera posée. Comprendre ce qui s'est passé, trouver un coupable ou empêcher un drame : telles seront vos missions.

Après avoir bien observé la peinture qui vous est proposée, plongez-vous dans le dossier d'investigation. Il comporte des éléments parfois importants pour avancer dans votre enquête.

Si vous coincez un peu, tournez la page ! Quelques indices visuels vous mettront sûrement sur la bonne piste.

En dernière page du dossier, vous trouverez la résolution de l'enquête, découpée en plusieurs paragraphes. Le but est d'en lire le moins possible avant d'avoir deviné la solution, qui se trouve en fin de texte, souvent dans le tout dernier paragraphe. .

Faites travailler vos petites cellules grises et devenez le plus grand détective !

JOSÉ DE MADRAZO Y AGUDO

Pourquoi le meurtre de Viriate pourrait-il en arranger certains ?

José de Madrazo y Agudo

Date de naissance : 22 avril 1781

Lieu de naissance : Santander, Espagne

Nationalité : Espagnole

Activité : Peintre, lithographe

Biographie : José commence ses études d'art à la Real Academia de Bellas Artes de San Fernando. Là, il rencontre le peintre espagnol Gregorio Ferro qui devient son mentor et son ami. Par la suite, il va à Paris et devient l'élève de Jacques-Louis David. En 1806, il part à Rome pour étudier l'art classique. Il rencontre son premier succès avec la peinture d'histoire ci-contre. Toutefois, comme il refuse de prêter serment au roi Joseph I, frère de Napoléon Bonaparte, il est fait prisonnier. En 1818, après avoir été relâché, il retourne à Madrid et travaille pour le musée du Prado dont il devriendra le directeur vingt ans plus tard.

LES DONNÉES DE L'ENQUÊTE :

Lieu : ???

Date : 139 av. J.-C

Identité de la victime :
Viriate, dirigeant du peuple lusitanien

Arme du crime : ???

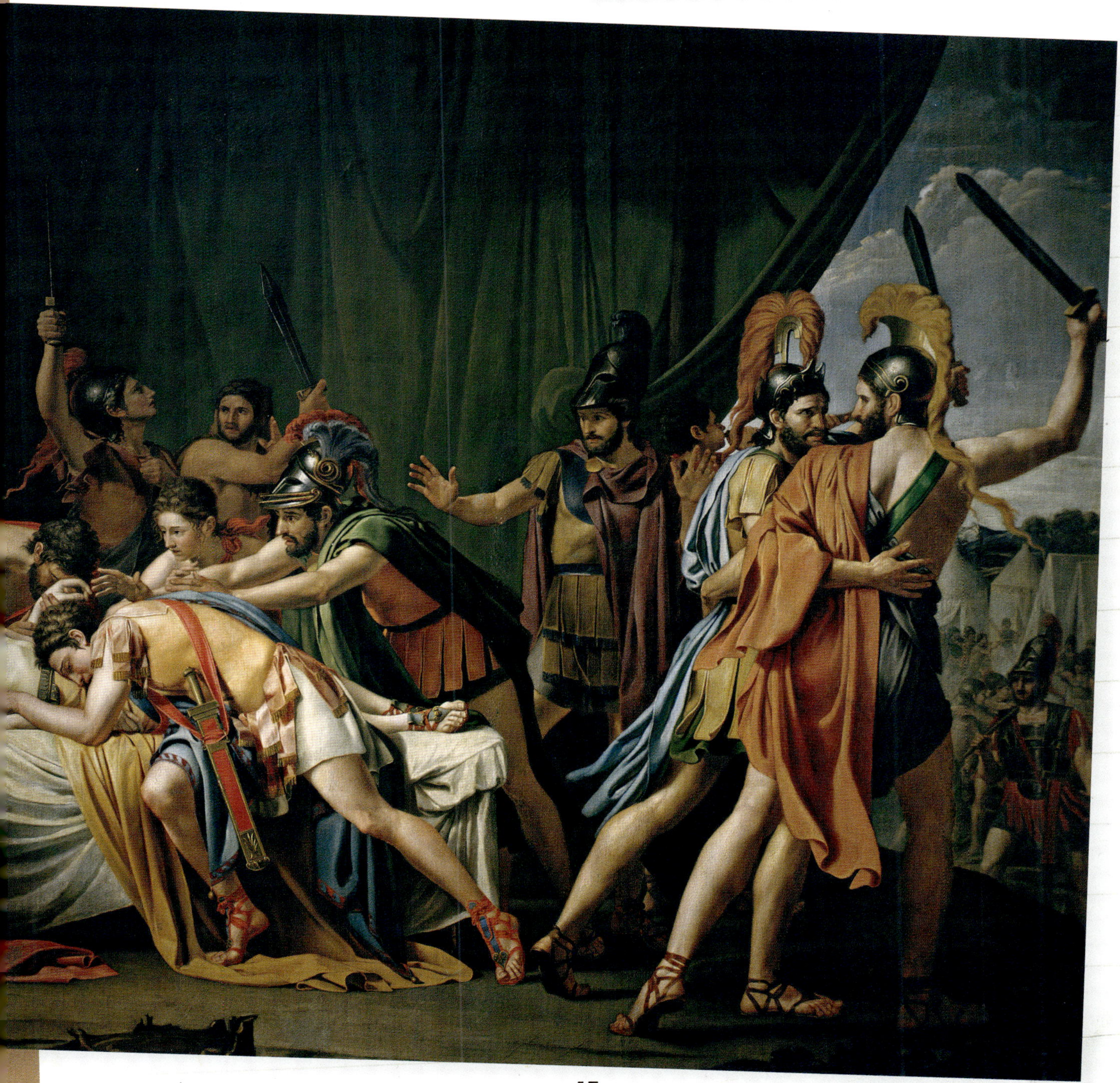

INDICES

Le soldat couché sur Viriate apparaît éploré. Mais tous ne partagent pas sa tristesse...

Certains semblent vouloir se venger.

D'autres apparaissent plus inquiets.

ROMA TRADITORIBUS NON PRAEMIAT

Nous sommes sous la tente de Viriate, un chef de guerre portugais pendant la guerre lusitanienne contre l'Empire Romain, au deuxième siècle avant notre ère. Le corps du commandant est couché sur un lit au centre de la scène. Il a perdu la vie.

À en juger par les réactions de sa garde, la perte est terrible : tous sont partagés entre tristesse et désir de vengeance. Rien n'indique pourtant qu'il soit tombé sur le champ de bataille : il n'a pas de blessure apparente. Sa mort a eu lieu ici même, sous cette tente. Un membre de sa propre armée s'est débarrassé de lui pour le compte de Rome. Cela étant arrivé soudainement, se pourrait-il que le ou les responsables soient encore sur les lieux ?

Le langage du corps ne trahit pas. La peine et les larmes sont réelles, la surprise et l'effroi également. Toutefois, le regard d'un homme interpelle : on pourrait lui prêter mille interprétations. Il pourrait autant refléter une pensée de vengeance, qui le pousse à sortir pour agir, que trahir sa volonté de fuir avant que la vérité soit découverte. En effet, il paraît inquiet ; il semble vouloir s'échapper de la scène du crime, poussant par le bras son complice comme pour lui intimer de ne pas rester une minute de plus au même endroit. Ces deux hommes sont ceux que l'on aperçoit sur la droite du tableau, au sortir de la tente.

Soucieux de paraître attristés de la mort de leur chef (on ne sait pas comment ils s'y sont pris mais de façon suffisamment discrète pour ne pas éveiller les soupçons de Viriate), ils sortent au plus vite. Ils sont en réalité trois à avoir comploté contre leur chef : Audax, Ditalkon et Minuro. Ils vont sous peu rejoindre les troupes de Quintus Servilius Caepio, le consul romain, pour réclamer l'or qui leur a été promis en échange de leur trahison. Ils seront pourtant exécutés car « Rome ne récompense pas les traîtres ». *Roma traditoribus non praemiat*, en latin.

ALEXANDRE CABANEL

Qu'arrive-t-il aux deux hommes au second plan ?

Alexandre Cabanel

Date de naissance :
28 septembre 1823

Lieu de naissance :
Montpellier, France

Nationalité : Française

Activité : Peintre académique

Biographie :
Issu d'une famille modeste, Alexandre entame sa formation à l'École des beaux-arts de Montpellier avant d'intégrer l'École des beaux-arts de Paris. Il devient ensuite pensionnaire de la villa Médicis conçue pour favoriser la création artistique dans toutes les disciplines. Son talent est rapidement reconnu puisqu'il reçoit la Légion d'honneur en 1855. Sa notoriété atteint des sommets avec la *Naissance de Vénus* : il devient alors l'un des artistes majeurs du Second Empire. Il est à l'apogée de son art lorsqu'il peint le tableau ci-contre en 1887.

LES DONNÉES DE L'ENQUÊTE :

Lieu : ???

Période : Antiquité

Type de tableau : Peinture historique

Identité des victimes et des témoins : ???

Animal : Le léopard

Aire de répartition de l'animal :
Afrique, Moyen-Orient, Chine

INDICES

Qui est cette femme richement vêtue ?

La servante tiendrait-elle un remède pour guérir l'homme à terre ?

Que se passe-t-il ici ?

MORT SUR LE NIL

Dans un décor splendide, deux femmes assistent au spectacle désolant de personnes qui souffrent terriblement. Comment peuvent-elles regarder cela sans réagir, sans chercher à leur venir en aide ?

Réfléchissons au contexte. De nombreux indices nous permettent de situer l'action : les ornements sur les colonnes du temple et la coiffe du personnage central nous indiquent que nous sommes en Égypte antique. Les deux personnages centraux sont confortablement installés mais la femme de droite tient un chasse-mouche : elle s'occupe de sa maîtresse. Et à l'évidence, cette dernière est une reine : habits raffinés, bijoux en or, coiffe de cheffe, présence d'un félin à ses pieds comme signe de puissance. C'est Cléopâtre. On comprend mieux son absence de réaction. Mais qu'arrive-t-il à ces malheureux hommes ? Cléopâtre est-elle responsable de leur souffrance ? L'animal aurait-il échappé à la vigilance de sa maîtresse ?

Les trois personnages qui sont debout, sur le côté, sont des serviteurs de la reine. Ils obéissent aux ordres. On distingue une coupelle à terre, ainsi qu'une fiole dans la main de la servante. Au moins deux liquides ont été bus, avec des conséquences plus ou moins dramatiques.

Cléopâtre s'est servie de ses prisonniers pour tester de nouveaux poisons. La froideur de sa réaction glace le sang. Mais dans quel but prépare-t-elle des poisons qu'elle cherche à rendre indolores ?

Ce n'est pas pour ses opposants. Cléopâtre a perdu la bataille d'Actium face à Rome et ne souhaite pas voir son ennemi parader à Alexandrie. Ayant cherché le moyen le plus doux de s'ôter la vie sans altérer sa beauté, elle mettra fin à ses jours non pas avec un poison de son invention, mais par la morsure d'un serpent.

JOHN EVERETT MILLAIS

Quel invité risque de connaître une tragique issue ?

John Everett Millais

Date de naissance : 8 juin 1829

Lieu de naissance : Southampton, Royaume-Uni

Nationalité : Britannique

Activités : Peintre, illustrateur, photographe

Distinctions : Officier de la Légion d'honneur, Docteur *honoris causa* de l'université d'Oxford.

Biographie : En 1834, John Everett Millais déménage en Bretagne, à Dinan, où il fait ses premiers croquis. À 11 ans, il intègre la Royal Academy of Arts, une prestigieuse institution britannique. Là, il rencontre les jeunes peintres William Holman Hunt et Dante Gabriel Rossetti avec qui il fonde la « confrérie préraphaélite ». Un an plus tard, il peint ce drôle de dîner de famille et l'expose à la Royal Academy of Arts.
Au vu de l'attitude des invités à table, on est content de ne pas y avoir été invité...

LES DONNÉES DE L'ENQUÊTE :

Lieu : ???

Date : Vers 1351

Identité de la jeune femme : Isabella

Identité des autres invités : ???

Indication fournie par notre informateur anonyme : La vie de l'un des invités est en danger. De qui s'agit-il ?

INDICES

Le chien craint l'un des invités de la table…

Qu'a-t-il bien pu arriver pour énerver autant cet homme ?

Mais que mijote-t-il ?

LES EMBROUILLES DES DÎNERS DE FAMILLE

Certains adorent les repas de famille, d'autres moins. On peut parfois reprocher qu'on s'y ennuie, que c'est long. Mais si vous saviez dès le départ que l'un des invités ne terminera jamais ce déjeuner, peut-être vous tiendriez-vous un peu plus à carreau ?

S'il y en a un qui est déjà agacé, c'est l'homme à gauche au premier plan. Si d'abord, on peut penser qu'il se dégourdit les jambes, on se rend rapidement compte qu'il a donné un coup de pied au chien. Son énervement est clair : les traits de son visage sont crispés et il se défoule en cassant des noix. L'animal a-t-il fait une bêtise ?

Si nous analysons l'attitude et le visage des autres hommes situés à gauche, qui sont les frères du premier, on peut lire le souci chez l'un et de la manigance chez le dernier. Les trois frères regardent dans la même direction : ils observent la femme réservée qui prend un quartier d'orange de l'autre côté de la table.

C'est leur sœur, Isabella. Qu'a-t-elle fait de si particulier pour provoquer la rage, le soupçon et l'inquiétude chez ses frères, de riches marchands ? Difficile à dire car elle ne laisse rien paraître. Isabella est en réalité amoureuse de l'homme à ses côtés, Lorenzo. Toutefois, pour ne pas énerver ses frères, elle se fait discrète. Lorenzo, lui, ne semble pas avoir compris cette nécessité. Il est clair qu'il se passe quelque chose entre eux. Et, même si elle essaie de faire croire le contraire, ses frères ne sont pas dupes.

Le problème est le suivant : Lorenzo est le serviteur de la famille et n'est pas, à leurs yeux, un assez bon parti pour leur sœur qu'ils aimeraient voir mariée à un noble. Ils veulent se débarrasser du jeune homme, et la façon dont l'orange a été nettement tranchée laisse augurer de très mauvais présages quant à la tête du serviteur d'ici quelque temps.

LE CARAVAGE

Comment la partie de cartes risque-t-elle de se finir ?

Le Caravage

Date de naissance : 29 septembre 1571

Lieu de naissance : Milan, Italie

Nationalité : Italienne

Activité : Peintre baroque

Biographie : Le Caravage, de son vrai nom Michelangelo Merisi da Caravaggio, apprend la peinture auprès de Simone Peterzano, disciple présumé du Titien. Il part ensuite à Rome étudier les styles d'autres peintres parmi lesquels Raphaël. En 1599, le Caravage devient peintre d'église après avoir été sollicité par l'église Saint-Louis-des-Français de Rome. Son travail fait sensation et attire l'œil de nombreux mécènes. Toutefois, son caractère violent et instable lui attire des ennuis ; l'artiste est emprisonné à plusieurs reprises. Malgré cela, son style unique en fait un modèle pour toute une génération de peintres : le « caravagisme » est né.

LES DONNÉES DE L'ENQUÊTE :

Lieu : Rome

Époque : XVIe siècle.

Contexte : Depuis quelques années, la ville est devenue extrêmement violente. Les jeux d'argent pullulent. Pour y mettre un terme, des proclamations papales se succèdent.

Tableau miroir : *La Diseuse de bonne aventure (ci-contre).*

INDICES

Quel avantage y a-t-il à jouer avec des gants troués ?

Pourquoi l'homme cache-t-il des cartes ?

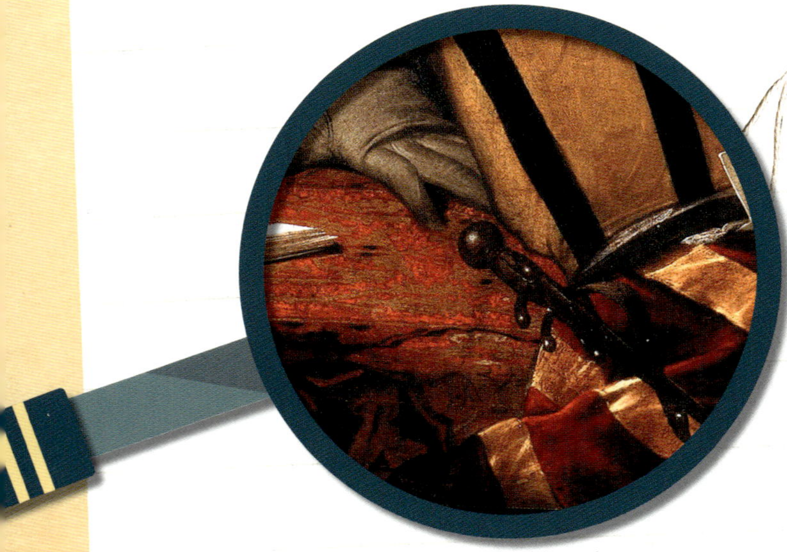

Quel étrange objet à amener pour une soirée de jeux !

DÉFAITE SUR TAPIS ROUGE

Trois hommes se retrouvent autour d'une table pour une partie de cartes. Le Caravage nous invite à regarder attentivement ce jeune homme qui nous fait face et est plongé dans son jeu de cartes. Pourquoi sa naïveté risque-t-elle de le faire courir à sa perte ?

Le jeu est le thème central de cette œuvre : on découvre un plateau de trictrac, l'ancêtre du backgammon sur le côté. Il semblerait que les trois individus y aient déjà joué ; certains ont sûrement voulu poursuivre et aller plus loin…

Le spectateur de la partie (homme au centre) donne à son complice (à droite) des indications sur la valeur des cartes de notre victime. Ainsi, le complice peut changer les cartes selon son bon vouloir afin de faire tourner la partie en sa faveur. Mais si ce n'était qu'une simple histoire de tricherie, il n'y aurait pas matière à s'inquiéter. Pourquoi l'avenir de ce jeune crédule pourrait-il basculer ?

Les deux malfaiteurs n'en sont pas à leur coup d'essai : ce sont des tricheurs professionnels. Plusieurs indices nous permettent de l'affirmer : l'aisance de l'homme de droite pour manipuler des cartes sans les voir et sans se faire voir, mais également les gants que porte le spectateur. Ceux-ci sont troués et laissent supposer qu'il peut ainsi reconnaître « à l'aveugle » des cartes qui auraient été marquées préalablement. Ils savent d'ailleurs à quoi s'en tenir : si leur manigance se passe à merveille, tout ira bien, mais si le jeune dupe découvre la supercherie, ils pourront toujours utiliser la dague que porte le complice à la ceinture, pour le dépouiller plus violemment. Il vaut mieux que la partie se finisse sur tapis vert. Ou rouge ici.

PAUL DELAROCHE

Qui a donné le coup fatal ?

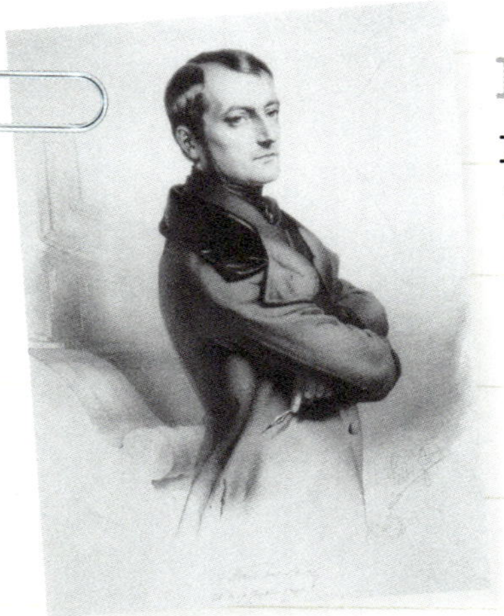

Paul Delaroche

Date de naissance : 17 juillet 1797

Lieu de naissance : Paris, France

Nationalité : Française

Activité : Artiste peintre

Distinction : Officier de la Légion d'honneur (1834)

Biographie : Issu d'une famille aisée et amatrice d'arts, Paul Delaroche suit les enseignements artistiques de Louis Étienne Watelet et Jacques-Louis David.

Lors de sa première exposition en 1822, il attire l'œil du peintre romantique Théodore Géricault ; il lui faut cependant attendre deux ans pour que son talent soit pleinement reconnu. Il devient célèbre pour avoir introduit et développé en France le genre de l'« anecdote historique » qui regroupe des peintures d'histoire à vocation documentaire et à l'aspect dramatique. Le tableau de la page 29 en fait partie. Mais quel événement historique tragique a-t-il représenté ? Qui a assassiné le pauvre homme étendu au pied de son lit ?

LES DONNÉES DE L'ENQUÊTE :

Lieu : Chambre du duc de Guise

Date : 23 décembre 1588

Identité de la victime : Henri Ier de Guise

Arme du crime : Épée

Identité du criminel : ???

INDICES

Une profonde entaille au niveau de l'épaule gauche apparaît sur la victime.

Mais qu'ont-ils tous à jeter leurs vêtements ?

44 COMPLICES MAIS UN SEUL ASSASSIN

Henri Ier, duc de Guise a été assassiné. Cela ne fait pas de doute, ses assaillants sont encore là à se réjouir de leur méfait. On les nomme les Quarante-Cinq, c'est la garde personnelle royale d'Henri III que l'on aperçoit à la gauche du tableau. Le souverain jugeait que le duc de Guise avait trop d'influence et il craignait un complot. Il ordonna à ses « Cadets de Gascogne » de le débarrasser de son rival. Mais s'ils sont bien venus en nombre, lequel de ces agresseurs a porté le coup fatal ?

La lutte a dû être violente : une chaise a été renversée. L'homme qui se trouve le plus près du duc tient son épée brandie vers le bas, mais cela n'indique pas forcément qu'il est responsable du dernier coup. Son voisin n'est-il d'ailleurs pas en train de ranger son arme dans son fourreau ?

Bien que difficile à distinguer, la veste qui traîne au sol semble maculée de sang, probablement celui du duc puisque blessé mortellement. Ce veston appartiendrait donc à l'auteur de l'ultime estocade. Un seul membre des Quarante-Cinq semble s'être débarrassé de ce gênant vêtement. Et ce n'est autre que le deuxième homme armé en partant de la droite, soit celui qui range son épée.

JOHN EVERETT MILLAIS

Pourquoi les personnages sont-ils aussi tendus ?

John Everett Millais

Date de naissance : 8 juin 1829

Lieu de naissance : Southampton, Royaume-Uni

Nationalité : Britannique

Activités : Peintre, illustrateur, photographe

Distinctions : Officier de la Légion d'honneur, Docteur *honoris causa* de l'université d'Oxford.

Biographie : Décidément ce Millais est témoin de nombreux événements étranges... Reprenons sa biographie là où nous nous étions arrêtés.

Dans les années 1850, John se marie avec une dénommée Effie. Ensemble, ils ont 8 enfants. L'artiste se met alors à peindre des scènes de la vie quotidienne et change de style, devenant ainsi un précurseur de l'esthétisme. Il peint la scène en page de droite au début des années 1860 quelques temps seulement avant qu'il se réoriente dans la peinture de paysages. En aurait-il eu assez de dessiner ce type de scène ?

LES DONNÉES DE L'ENQUÊTE :

Lieu : ???

Date : XVIe siècle

Identité des individus : ???

Arme : Épée

INDICES

La petite fille semble très émue de retrouver son père.

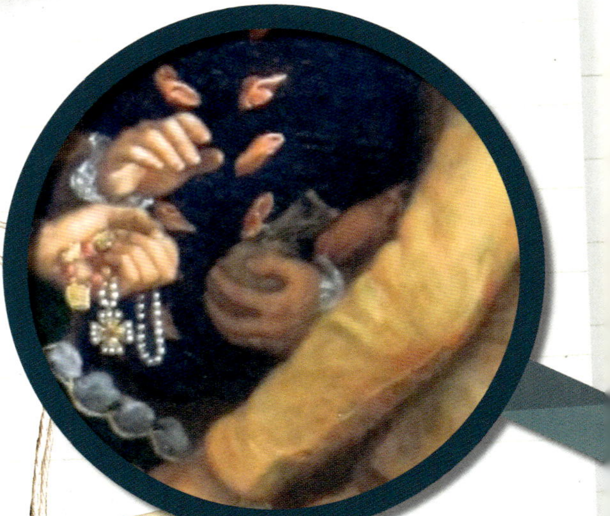

Les hommes s'échangent de l'argent et des bijoux, main à main.

ÉTRANGES RETROUVAILLES

On croirait assister à une scène de retrouvailles. Il n'en est rien. Sur les visages, on lit ici et là de la peur, de l'inquiétude, de la méfiance. Pourquoi la jeune fille au sac rouge se cache-t-elle dans les bras de son père ? Serait-ce de la peur ? Du soulagement ? Ou bien les deux ?

Elle et sa sœur sont enlacées par leur père, mais l'homme au chien ne desserre pas sa prise sur les fillettes. Il les tient plutôt fermement, malgré son sourire d'apparence. Il ne les lâchera que lorsqu'il l'aura choisi. Mais que se passe-t-il ?

Le chevalier tend à l'un des hommes des bijoux et semble avoir déjà donné une bourse remplie de pièces. Les trois hommes de droite sont complices. Il a dû leur verser une partie de ses richesses pour récupérer ses filles. Ont-elles été enlevées ou se sont-elles perdues ?

À en juger par l'expression figée de l'une et le soulagement de l'autre, tout porte à croire qu'elles pensaient ne jamais revoir leur père. Le jeune homme resté en retrait sur la gauche semble être un page, en témoignent les bas tachés de boue et la grande veste de son maître qu'il tient sous le bras. Son attitude laisse entendre qu'une somme plus importante va devoir être versée pour garantir le retour des fillettes : il plonge la main dans sa sacoche pour s'en assurer. Les deux sœurs ont été enlevées, la famille a dû payer une rançon, d'où le nom du tableau.

WILLIAM FREDERICK YEAMES

De quoi parle le petit garçon avec les messieurs ?

William Frederick Yeames

Date de naissance : 18 décembre 1835

Lieu de naissance : Taganrog, Empire russe

Nationalité : Anglaise

Activité : Peintre

Biographie : William Frederick Yeames est le fils d'un diplomate britannique installé en Russie. Après la mort de son père, il étudie la peinture à Dresde. Il déménage ensuite à Londres et apprend l'anatomie et les beaux-arts. Pour affiner son style, il reproduit les œuvres des grands peintres de la Renaissance italienne. En 1859, avec des amis londoniens, il fonde la « St John's Wood Clique » qui réunit des artistes de l'époque victorienne vivant dans le même quartier. Il devient un maître des « picture problem », un genre pictural dans lequel les scènes sont en suspens et l'issue est incertaine. Le tableau présent en page de droite en fait partie.

LES DONNÉES DE L'ENQUÊTE :

Lieu : Londres, Angleterre

Date : Vers 1645

Identité du jeune garçon : ???

Identité des enquêteurs : Têtes-Rondes, partisans du Parlement d'Angleterre

INDICES

Pourquoi pleure-t-elle à chaudes larmes ?

L'interrogateur paraît très concentré et à l'écoute du petit garçon. Que cherche-t-il ?

La mère semble inquiète pour toute sa famille.

LA VÉRITÉ SORT-ELLE DE LA BOUCHE DES ENFANTS ?

Illuminant la pièce de son costume bleu, ce petit garçon se tient fièrement sur son petit réhausseur pour être au niveau des messieurs avec qui il discute. Malgré l'attitude prévenante de l'homme qui l'interroge, on sent une certaine tension dans la pièce. Que se joue-t-il de si grave, à l'instant même où nous plongeons dans le tableau ?

Les hommes installés autour de la table ainsi que le garde en armure n'ont pas l'air d'être là pour plaisanter. En témoignent les réactions des personnages situés à gauche : une petite fille pleure tandis qu'une jeune demoiselle se cache derrière l'épaule de celle qui est sûrement sa mère. Le garçon au costume bleu reste droit comme un i. On ne connaît pas la teneur de ce qu'il va dire. Mais tout autant que la réponse, il convient de s'intéresser à la question : que lui demande-t-on de si important ?

On devine que les trois personnages féminins sont de la même famille que le petit garçon. Le fait que les deux plus grandes soient encerclées par des gardes, devant et derrière elles, et que la cadette ait une main peu amicale sur l'épaule indique qu'interrogateurs et interrogés ne sont pas dans le même camp. Que cherchent-ils ? Ou plutôt qui cherchent-ils ? Si on se réfère à un schéma de famille classique, il manque bel et bien quelqu'un ici : le père, que tous ces hommes s'évertuent à retrouver. Pour quelle raison ?

Nous sommes pendant la première révolution anglaise et les « Têtes-Rondes », partisans du Parlement d'Angleterre, mettent la pression sur le petit garçon, de famille royaliste, pour qu'il parle. Le titre de ce tableau est : « Et quand as-tu vu ton père pour la dernière fois ? ».

La bouche du garçon est déjà ouverte : il s'apprête à répondre aux interrogateurs. S'il dit la vérité, il condamne son père. Est-il capable de leur mentir sans tressaillir ? Il y a de grandes chances pour que nous connaissions déjà la réponse. Et que ses sœurs également.

JEAN-JOSEPH WEERTS

Pourquoi la jeune femme a-t-elle assassiné Jean-Paul Marat ?

Jean-Joseph Weerts

Date de naissance : 1er mai 1846

Lieu de naissance : Roubaix, France

Nationalité : Française

Activité : Peintre

Distinction : Commandeur de la Légion d'honneur (1914)

Biographie : Né dans une famille modeste, Jean-Joseph apprend le dessin dans le cabinet de mécanique de son père. En 1867, il entre à l'École impériale des beaux-arts de Paris où il suit l'enseignement d'Alexandre Cabanel, le peintre-témoin de l'affaire « Meurtre sur le Nil ».

Très productif, il produit plus de 700 œuvres, pour la plupart d'inspiration historique ou religieuse. *La Mort de Bara*, tableau en hommage au héros de la Révolution Joseph Bara, lui permet d'obtenir la Légion d'honneur. Il peint le tableau ci-contre en 1880.

LES DONNÉES DE L'ENQUÊTE :

Lieu : Paris, France.

Date : 13 juillet 1793

Identité de la victime : Jean-Paul Marat

Identité de la coupable présumée : ???

INDICES

La jeune femme porte une cocarde.

Après la cocarde, voici le bonnet phrygien… Voilà de quoi situer précisément l'époque du crime.

Cet homme écrivait beaucoup. Était-il journaliste, écrivain ou homme politique ?

UN MEURTRE POUR EN ÉVITER D'AUTRES

Que de monde dans une si petite pièce ! À vouloir faire entrer tant de personnes dans un endroit aussi exigu, il est normal que cela finisse mal...

Nous découvrons la victime allongée. Nous arrivons trop tard. Mais que s'est-il passé ?

L'homme, un journaliste nommé Jean-Paul Marat, a été poignardé dans sa baignoire. Les taches de sang émaillent ici et là les textes qu'il était en train d'écrire à la plume. La coupable est toute trouvée, c'est Charlotte Corday, qui se trouve sur la gauche de l'image et qui tient encore dans sa main ce qui ressemble à un poinçon ou un poignard.

De nombreux indices nous permettent d'identifier l'époque du crime. Les costumes, la cocarde sur la coiffe de Charlotte Corday et le bonnet rouge phrygien indiquent que nous sommes en pleine Révolution française. D'ailleurs, que viennent faire ces gens ? Ils viennent capturer la criminelle. Tous semblent peinés et en colère de voir le journaliste assassiné. Mais pourquoi leur réaction est-elle aussi forte ? Et quel est le mobile de madame Corday ?

Jean-Paul Marat écrivait dans son journal des appels à la violence extrême, ce que Charlotte ne supportait pas. Elle estimait que la Révolution prendrait un virage moins sanglant sans ce « monstre ». Elle décida donc de se débarrasser de lui, en pensant que lui ôter la vie sauverait peut-être des milliers d'autres Français. Peine perdue : Marat était très apprécié et des émeutes menacent d'éclater à l'annonce de sa mort. Plus tard, les massacres reprendront de plus belle et Charlotte Corday sera guillotinée.

Dans ce décor très théâtral, presque de comédie musicale, l'artiste dépeint le bon peuple en train de surjouer la capture de cette « traîtresse ». Charlotte Corday est habillée en bleu, Marat a la peau blanchâtre et les révolutionnaires portent du rouge : le peintre Jean-Joseph Weerts ne ferait-il pas passer un message au lecteur ? En regardant de gauche à droite, on aperçoit les couleurs du drapeau français, comme s'il nous indiquait que le seul mobile de Charlotte Corday était «La France ».

EDWARD MORAN

Qui sont les passagers de la petite frégate ?

Edward Moran

Date de naissance : 19 août 1829

Lieu de naissance : Bolton, Angleterre

Nationalité : Américaine

Activité : Peintre spécialisé dans les peintures maritimes

Biographie : En 1844, cet Anglais de naissance émigre aux États-Unis pour s'installer à Philadelphie. À la Pennsylvania Academy of the Fine Arts, il suit les cours de l'artiste James Hamilton qui l'initie à la peinture marine. Contrairement à son frère, Thomas Moran, qui devient célèbre pour ses tableaux de l'Ouest américain, Edward préfère peindre les paysages marins. En 1885, il réalise treize tableaux sur l'histoire marine des États-Unis et les plus grands explorateurs. Il peint le tableau ci-contre en 1897. D'après le témoin, la scène date de 1804...

LES DONNÉES DE L'ENQUÊTE :

Nom du bateau : USS Philadelphia

Équipage : ???

Mise en service et statut : 1800

Longueur : 48 m

Largeur (maître-bau) : 12 m

Tonnage (capacité de transport) : 1240

Armement : 28 canons de 18 livres et 16 caronades

INDICES

Est-ce un canot de sauvetage ou un petit navire de guerre ?

D'après nos informations, l'USS Philadelphia pouvait accueillir 307 marins.

Bizarre, il semblerait qu'il n'y ait personne à bord et aucun homme à la mer.

BRANLE-BAS DE COMBAT

Nous sommes en pleine mer. Le crépitement des flammes qui ravagent le bateau illumine le ciel sombre. Une petite embarcation s'éloigne. S'agit-il des passagers du navire ou des responsables de l'incendie ?

Ils ne naviguent pas dans ce qui pourrait ressembler à un canot de sauvetage. D'ailleurs, en 1804, très peu de navires en possèdent. Ils ne viennent donc pas directement de la grosse frégate, mais se sont approchés volontairement pour y mettre le feu. Il est maintenant temps de fuir.

Mais pourquoi le réduire en cendres ? Ne serait-il pas plus simple de s'en emparer pour s'en servir contre l'ennemi ? Cet acte, perpétré en pleine nuit ou à la tombée du jour, apparaît comme un acte dangereux mais courageux, nécessaire mais déchirant. C'est un acte de sabotage réalisé par une équipe de marins habitués au bateau. Ils savaient qu'il n'y avait personne à bord et comment s'y prendre pour le détruire efficacement.

Ce navire, l'USS Philadelphia, appartenait aux Américains et a été brûlé par eux. Après que ce géant des mers s'échoua au large de Tripoli, en Afrique, il fut impossible de le remettre à flot. Les Barbaresques le récupérèrent mais la marine américaine refusa de le laisser entre les mains de pirates. Ils préférèrent donc envoyer une mission commando, menée par le capitaine Stephen Decatur, pour en finir avec leur bâtiment, moins de cinq ans seulement après sa construction.

ALFRED STEVENS

Pourquoi des militaires accompagnent-ils cette famille ?

Alfred Stevens

Date de naissance : 11 mai 1823

Lieu de naissance : Bruxelles, Belgique

Nationalité : Belge

Activité : Peintre

Biographie : À l'École nationale supérieure des beaux-arts de Paris, Alfred Stevens devient le protégé du célèbre peintre français Ingres. À la fin de ses études, il connaît très vite le succès. Bien intégré au sein des milieux artistiques parisiens, Alfred Stevens se constitue un solide réseau et devient un très bon ami d'Édouard Manet, d'Edgar Degas, de Charles Baudelaire et de Berthe Morisot. Il peint la scène ci-contre dans les années 1850.

Dans un premier temps en marge du courant impressionniste, il finit par s'y convertir dans les années 1880 et réalise de splendides paysages. Il est connu pour avoir exposé en 1889, dans le cadre de l'Exposition universelle de Paris, *Le Panorama du siècle.*

LES DONNÉES DE L'ENQUÊTE :

Lieu : Paris, France.

Date : 1854

Régime politique en vigueur : Le Second Empire

Identité des deux femmes : ???

Identité des militaires : ???

BAL

INDICES

Pourquoi cet enfant pleure-t-il ? Et pourquoi se retrouve-t-il, lui aussi, sous escorte ?

Pourquoi le militaire éloigne-t-il la dame en rouge ?

Que tient-elle dans sa main ? Et pourquoi cela énerve-t-il le militaire ?

SOUS HAUTE SURVEILLANCE

Être sous escorte militaire n'est jamais bon signe. Généralement, cela signifie soit qu'on a besoin d'être protégé, soit qu'on a fait quelque chose de répréhensible. Dans quel cas de figure se trouve la femme au foulard clair ? Et si ce n'était ni l'un, ni l'autre ?

La neige au sol et le garde qui se réchauffe les doigts indiquent qu'il fait très froid. Pourtant, cette dame et ses deux enfants n'ont pas l'air chaudement vêtus. Un indice supplémentaire nous est donné par l'attitude de la seconde dame, en rouge : elle tend une bourse vers la petite famille, geste aussitôt repris par le deuxième gendarme.

Le « crime » de cette mère et de ses enfants est d'être pauvre. Pour cette seule raison et le fait de mendier, elle est envoyée en prison. Le geste de la bienfaitrice est tout aussi mal vu par les autorités : il est perçu comme un encouragement à la paresse, à rester dans la misère, comme si celle-ci était souhaitée et souhaitable.

Le vagabondage, fait d'errer de ville en ville, à la recherche de quoi vivre, est un délit à l'époque de la réalisation de ce tableau. Napoléon III, choqué par cette peinture (non pas à cause de la mendicité mais à cause de la brutalité des soldats), aurait décrété que désormais les escortes se feraient à l'abri des regards, en véhicule fermé. Un cache-misère.

FRANK HOLL

Le père de la petite fille serait-il un criminel ?

Frank Holl

Date de naissance : 4 juillet 1845

Lieu de naissance : Londres, Royaume-Uni

Nationalité : Anglaise

Activité : Peintre

Biographie : Frank Holl est issu d'une famille de graveurs renommés. Il pensait également suivre cette carrière jusqu'à ce qu'il entre à la Royal Academy of Arts et étudie la peinture. Ses tableaux reçoivent plusieurs prix et il commence à exposer ses œuvres en 1864. Il rencontre un certain succès puisque Van Gogh lui-même reconnaît son talent et parle avec enthousiasme de ses œuvres. Par la suite, il devient le portraitiste attitré de la famille royale.

Toutefois, à mesure que Frank enchaîne les peintures et les gravures, sa santé se dégrade.

Il peint l'œuvre ci-contre en 1883 soit cinq ans avant sa mort. Qui est cette jeune fille ? Et pourquoi tient-elle une arme ?

LES DONNÉES DE L'ENQUÊTE :

Lieu : ???

Date : 1894

Identité : Nina Holl

Arme : Sabre

Poids : Environ 900 g

Longueur de la lame : Environ 80 cm

Composants de la lame : Carbone et acier poli

INDICES

Cette jeune fille
a découvert l'épée
de son père.
Va-t-elle bientôt
découvrir un sombre
secret de famille ?

Pourquoi recouvrir
le fauteuil d'un drap ?
Pour ne pas l'abîmer
ou pour cacher
un indice accablant ?

AVEZ-VOUS DÉJÀ TUÉ QUELQU'UN, PÈRE?

Cette jeune fille s'appelle Nina. Elle tombe un jour sur une épée dans son fourreau. S'adressant à son père, elle lui pose cette question qui est devenue le titre de l'œuvre. Elle semble curieuse mais inquiète. Elle tient fermement l'arme, comme prête à encaisser la plus insupportable des réponses. Cette épée a-t-elle servi et si oui, que se passera-t-il lorsqu'elle apprendra que son père est un criminel notoire ?

Nina est en réalité la fille de Frank Holl, le peintre. Elle a découvert cette épée dans son atelier. Étrange endroit pour la ranger, sauf si c'est pour la dissimuler. Chercherait-il à cacher un sombre passé ?

Frank Holl a déjà réalisé des portraits de lords en tenue militaire. Cette trouvaille n'a au fond rien d'exceptionnel : cette arme a été posée dans l'atelier lors de l'accomplissement d'une peinture. Elle n'appartient donc pas à l'artiste.

Dans la biographie du portraitiste, écrite par sa grande sœur, Nina serait tombée sur l'épée lors de la réalisation du portrait de lord Wolseley. Elle aurait demandé si celle-ci avait déjà tué quelqu'un. Le père, amusé par la question, aurait trouvé dans cette anecdote l'idée pour peindre ce tableau. A priori, Frank Holl n'a donc jamais tué personne.

EUGÈNE GRASSET

Quel est ce liquide menaçant ?

Eugène Grasset

Date de naissance : 25 mai 1845

Lieu de naissance : Lausanne, Suisse

Nationalités : Française, suisse

Activités : Affichiste, graveur et décorateur

Distinction : Officier de la Légion d'honneur (1895)

Biographie : Fils de décorateur, Eugène Grasset suit des cours de dessin avec François Bocion avant de faire des études d'architecture. À la fin des années 1860, il commence à travailler comme peintre et sculpteur à Lausanne. Il s'installe ensuite à Paris où il connaît le succès en s'occupant de l'ameublement et de la décoration de l'hôtel de Charles Gillot, rue Madame.

À la fin des années 1870, Eugène se met à dessiner pour divers ouvrages, à créer des affiches, des cartes postales mais aussi des tissus, des mosaïques et des vitraux. Son talent pour le dessin est reconnu mondialement : il est appelé par les directeurs de revues américaines pour concevoir les couvertures de leurs magazines.

Un an avant de recevoir la Légion d'honneur, il dessine cette femme au comportement étrange... Que mijote-t-elle ?

LES DONNÉES DE L'ENQUÊTE :

Lieu : ???

Date : 1894

Identité de la suspecte : ???

Contenu de la tasse : Analyse en cours

EGrasset N°74

INDICES

Quel regard furieux !
Et quel drôle de teint !
Il faut faire
quelque chose pour
cette pauvre dame...

Ce liquide est assorti
à la couleur de sa peau.
Cela ne m'inspire
pas confiance...

UN PETIT RAFRAÎCHISSEMENT (DE FACADE)

Dans un style Art nouveau, l'artiste fait le portrait d'une femme qui tient une tasse de grès dans sa main et qui donne son titre à l'œuvre. Elle n'a pas l'air très sympathique mais, comme toujours, il faut se méfier des apparences. Qu'est-elle en train de faire ?

Quel est cet étrange breuvage ? Le liquide en lui-même paraît menaçant, au moins autant que la pâleur de cette femme à laquelle le grès fait écho.

Cette mixture, c'est du vitriol, autrement dit de l'acide sulfurique. Cette femme s'apprête à lancer le contenu de sa tasse à la face d'une personne qu'elle souhaite défigurer, certainement pour se venger. L'artiste assiste ici à la préparation d'un crime atroce, qu'il dépeint sous les courbes habituellement innocentes de l'Art nouveau.

Les « vitrioleuses » ont défrayé la chronique judiciaire pendant toute la fin du XIXe siècle. Ce liquide a été utilisé presque exclusivement par les femmes, et notamment les épouses trompées, pour se venger.

Pour l'anecdote, il est amusant de relever que l'acide sulfurique est la composante principale des nuages de la planète Vénus qui symbolise les femmes...

EMANUEL SPITZER

Les garçons volent-ils pour survivre ou par goût du risque ?

Emanuel Spitzer

Date de naissance :
30 octobre 1844

Lieu de naissance :
Pápa, Empire d'Autriche

Nationalité : Autrichienne

Activité : Peintre, caricaturiste, illustrateur

Biographie : Enfant, Emanuel Spitzer va à l'école à Vienne. En 1867, il s'installe à Paris, où il fait la connaissance du dessinateur Paul Gavarni et du graveur Honoré Daumier. Il réalise alors de nombreuses illustrations pour le journal *L'art pour tous.* À partir de 1869, il s'installe à Munich et entame des études de beaux-arts auprès de Wilhelm von Diez.

En 1900, il crée un procédé d'imprimerie, la « Spitzertypie » autour duquel il fonde avec Robert von Defregger une imprimerie basée à Munich.

LES DONNÉES DE L'ENQUÊTE :

Lieu : Europe. Localisation en cours.

Date : 1881

Identité de la marchande : ???

Identité des garçons : ???

INDICES

En voilà un sac bien rempli ! Que contient-il ?

Notre jeune voleur a de bonnes joues.

La vieille femme a laissé sa bourse sans surveillance. Que risque-t-elle ?

VOL AU MARCHÉ

Il n'y a pas grand-monde aujourd'hui sur la place du village. La marchande âgée fait une petite sieste. Elle n'entend pas la venue des deux garçons, arrivés par un petit escalier dérobé. Son sommeil est profond : la chute d'une partie de son étal ne paraît pas la réveiller. Une aubaine pour les deux voleurs qui subtilisent alors des pommes et des betteraves. Mais pourquoi volent-ils ? Sont-ils dans le besoin ou est-ce par jeu, par goût du risque ?

Une partie de la réponse se trouve dans leur attitude : ils sont souriants, défiants même. La chute du panier avec les œufs brisés ne semble pas les inquiéter. Ils se sont sûrement lancé le défi de voler sans réveiller la marchande.

On peut également se demander pourquoi, malgré la preuve du sommeil profond de la marchande, les garçons n'en profitent pas pour voler le sac suspendu à l'étal ou la bourse accrochée à la ceinture de la vieille dame. Ce n'est pas l'appât du gain qui les a attirés ici. En tout cas, pas du gain en termes d'argent. Leur larcin, composé de fruits et de légumes, est la seule récompense de leur audace, mais la gloire est là...

JOHN SINGER SARGENT

Pourquoi ces deux individus se rencontrent-ils dans une ruelle étroite ?

John Singer Sargent

Date de naissance : 12 janvier 1856

Lieu de naissance : Florence, grand-duché de Toscane

Nationalités : Britannique et américaine

Activité : Peintre

Biographie : Bien qu'Américain, John Singer Sargent vit plus souvent en Europe qu'aux États-Unis. Après avoir étudié à l'École des beaux-arts de Paris, John se lie d'amitié avec les Français Claude Monet et Gabriel Fauré. Il acquiert une solide réputation comme portraitiste et réalise sur commande les tableaux des personnalités les plus importantes de son époque comme Theodore Roosevelt. Très prolifique, il a peint près de 3 000 tableaux et dessine d'innombrables croquis. Forcément, avec un tel talent pour l'observation et la reproduction de scènes réelles, il a dû croiser la route de gens peu recommandables...

LES DONNÉES DE L'ENQUÊTE :

Lieu : Europe, Italie. Localisation en cours.

Date : Vers 1880

Identité des individus : ???

INDICES

Dans quelle ville
se passe
cette scène ?

Quel est
ce récipient ?

« Cipro »...
Est-ce un message
codé ?

DERRIÈRE LA PORTE

Nous sommes à Venise. Au détour d'une étroite ruelle, nous tombons sur un homme et une femme en pleine discussion. Il semblerait que nous les avons interrompus. Si l'homme ne nous en tient pas rigueur, son interlocutrice nous regarde fixement, comme si nous les dérangions... Leur discussion ne devait pas être entendue. Ils semblent sur le point d'entrer dans la bâtisse. Quelle est cette entrée dérobée, à l'abri des regards indiscrets ?

L'étroitesse de la rue, le manque de lumière, la promiscuité : tout rend cette scène étouffante, mystérieuse, presque angoissante. Ces deux personnages sont-ils réellement menaçants ?

Qu'y a-t-il derrière cette porte devant laquelle nos deux protagonistes discutent ? Parfois les bonnes adresses se trouvent en dehors des sentiers battus. Quelques détails nous indiquent le type de commerce devant lequel nous nous trouvons : le récipient, accroché comme une enseigne commerçante, et les deux inscriptions sur les murs, loin d'être évidentes à déchiffrer.

« Cipro » renvoie à l'île de Chypre, dont les vins sont une spécialité et « Valpoles » est probablement une allusion au fait que le tenancier doit posséder plusieurs crus de Valpolicella, un vin rouge de la région.

Pas de complot en vue, seulement une discussion interrompue dont la teneur nous échappe totalement. Peut-être préfèrent-ils ne pas être vus sur le point d'entrer dans une cave à vin pour y boire de l'alcool ?

JAKUB SCHIKANEDER

A-t-elle été victime d'un accident ou a-t-elle été assassinée ?

Jakub Schikaneder

Date de naissance :
27 février 1855

Lieu de naissance :
Prague, Autriche-Hongrie

Nationalité : Austro-hongroise

Activité : Peintre, illustrateur

Biographie : Bien qu'issu d'une famille modeste, Jakub parvient à suivre des études à l'Académie des beaux-arts de Prague. Il participe à l'aménagement et à la décoration du Théâtre national puis entame un voyage artistique en Europe. En 1890, dans une sombre cour, il peint la scène macabre ci-contre. De quoi couper son envie de voyager...

Un an plus tard, il est nommé professeur au Collège des Beaux-Arts de Prague et enseigne sa passion à ses élèves.

LES DONNÉES DE L'ENQUÊTE :

Lieu : Europe. Localisation en cours.

Date : 1890

Identité de la victime : ???

Témoins présents sur la scène du crime : Voisins de la victime

INDICES

Le carreau de la fenêtre est brisé. De quand cela date-t-il ?

La victime se serait-elle traînée au sol ?

Comment cette tache de sang a-t-elle pu apparaître ici ?

FENÊTRE SUR COUR

Prague, un soir de 1890, dans une petite ruelle ou ce qui paraît être une cour intérieure. Les gens viennent assister à un spectacle morbide. Le corps d'une jeune femme est étendu au sol, inerte. La pauvre voisine a été retrouvée ainsi. Les curieux se pressent ; fort heureusement, on commence à s'interroger sur les circonstances de son décès.

Tout porte à croire que la malheureuse a été défenestrée, vu l'étrange position du corps. Il est possible qu'elle soit tombée seule ou que quelqu'un l'ait poussée. Toutefois, un indice contredit cette théorie : il y a une trace qui ressemble à une main ensanglantée sous le porche. Elle n'est donc pas tombée d'un étage ; elle a réussi à marcher jusqu'à l'extérieur de la bâtisse. Comme pour chercher de l'aide.

Il faut donc exclure la théorie de l'accident. Comme la victime n'a pas de sang sur les mains, nous pouvons en déduire que la trace découverte sous le porche provient de l'agresseur.

Le suspect a très bien pu s'enfuir mais la promiscuité des habitants vivant presque les uns sur les autres dans une certaine misère fait que des cris ont dû les alerter. Ils sont probablement sortis rapidement, trop tard pour sauver la jeune femme, mais suffisamment tôt pour empêcher son meurtrier de fuir. Nul doute qu'il fait encore partie des curieux.

Il y a bien une femme, tout à gauche, qui semble se désintéresser de l'action. Elle cache ses mains sous son châle, la mine grave. Souhaite-t-elle dissimuler ses doigts encore rouges ? Peut-être cache-t-elle encore l'arme du crime ? Ou bien l'a-t-elle dissimulée dans l'un des nombreux recoins de l'œuvre (le carreau cassé, le tonneau, la grille, la fenêtre ouverte etc.). Elle semble en tout cas avoir de nombreuses choses à se reprocher.

MICHAEL PETER ANCHER

Dans quelles circonstances est mort l'homme en jaune ?

Michael Peter Ancher

Date de naissance : 9 juin 1849

Lieu de naissance : Île de Bornholm, Danemark

Nationalité : Danoise

Activité : Peintre. Cofondateur du groupe des peintres de Skagen.

Biographie : À 16 ans, Michael rencontre le peintre Theodor Philipsen qui l'encourage à suivre des études d'art. En 1874, le jeune peintre tombe sous le charme du village de pêcheurs de Skagen et fonde avec son ami Karl Madsen le mouvement des peintres de Skagen. Ces derniers favorisent l'émergence d'un art national qui s'attache à la représentation du mode de vie simple et traditionnel des pêcheurs danois.

En 1883, son talent est reconnu avec *Le Canot de sauvetage transporté dans les dunes.*

Quant à la scène ci-contre, Michael l'a peinte en 1896...

LES DONNÉES DE L'ENQUÊTE :

Lieu : ???

Date : 1894

Portrait de la victime de son vivant :

INDICES

Ce chapeau n'est pas un couvre-chef à la mode mais un vêtement de travail.

Ce travail nécessite également une belle paire de bottes.

La victime utilisait ces nasses quotidiennement.

L'IVRESSE DES EAUX TROUBLES

Deux hommes s'écartent pour nous laisser observer la victime. Ils ont été nombreux pour le ramener jusqu'à chez lui. Se pourrait-il que cet homme ait bu de l'alcool jusqu'à ne plus pouvoir rentrer chez lui ?

Le silence règne dans la pièce, parfois entrecoupé de petits sanglots. Ses camarades restent dignes : ce genre d'incident est fréquent ici. La femme qui lui tient la main ne pleure pas ; même si la nouvelle est terrible, elle s'y était préparée. En revanche, un jeune homme retient sa sœur par le bras, pour éviter qu'elle ne défaille.

Le verdict tombe : non, il n'a pas bu. Si ce n'est une sacrée tasse... Les tenues et les chapeaux des hommes venus se recueillir nous informent qu'ils sont pêcheurs, la victime aussi. Nous ne sommes d'ailleurs pas chez lui mais dans une cabane de pêcheurs. L'endroit est relativement épuré et un filet de pêche est visible sur la partie gauche du tableau. Il y a peut-être eu un naufrage ou bien l'homme est tombé de bateau. Nous avons une seule certitude : il s'est noyé.

Ce tableau évoque la noyade de Lars Kruse, un sauveteur considéré comme un héros au Danemark qui périt deux ans avant l'exécution de cette peinture. Baigné par la lumière de la fenêtre et teinté de jaune, sa disparition n'entame pas sa bravoure.

Il est pourtant également bien question d'ivresse dans ce tableau. Le modèle qui servit de victime à Michael Peter Ancher, le peintre, ne parvenait pas à rester allongé immobile pendant le temps de pose. Pour continuer son travail, il fallut que l'artiste lui propose quelques verres d'alcool fort afin qu'il se tienne enfin tranquille...

JOHN COLLIER

Qu'aperçoit cette jeune femme ?

John Collier

Date de naissance : 27 janvier 1850

Lieu de naissance : Paddington, Angleterre

Nationalité : Anglaise

Activité : Peintre

Biographie : Né dans une famille prestigieuse, John Collier étudie les beaux-arts à Munich. Il épouse tour à tour deux filles de la famille Huxley, une famille très célèbre en Angleterre dont plusieurs membres ont excellé dans le domaine des sciences, de la médecine et des arts. Il acquiert par la suite une solide réputation en tant que portraitiste : le prince de Galles, Darwin ou encore l'écrivain Rudyard Kipling font partie des nombreuses personnalités dont il a peint le portrait.

LES DONNÉES DE L'ENQUÊTE :

Les enquêteurs ont été alertés par les voisins de la jeune femme dans la nuit du lundi au mardi. Elle semble terrifiée. De quoi a-t-elle si peur ?

Date : ???

Lieu : ???

Identité de la jeune fille : ???

INDICES

La jeune femme n'est pas sereine. Un danger la guette.

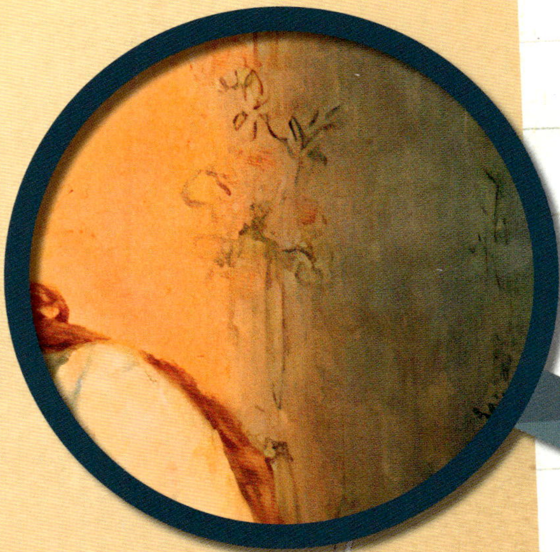

Quel étrange éclairage peut-il provoquer cette démarcation ?

Quelle importance revêt cette bougie ?

UN VÉRITABLE CAUCHEMAR

Une jeune femme est dans sa chambre, assise dans son lit. Son visage semble exprimer une certaine forme de surprise, voire de terreur. Quelle est la cause de sa soudaine frayeur ? Et pourquoi se fige-t-elle ?

Il convient de se demander à quel moment se déroule la scène. Lors du coucher ? En pleine nuit ? Au réveil ?

La bougie posée sur la table de chevet est éteinte. La jeune femme dormait donc avant d'être réveillée de la sorte. Ce n'est pas le matin non plus car, dans ce cas, la pièce serait bien plus éclairée.

Son regard est capté par quelque chose ou quelqu'un dans un coin de la pièce. Est-ce l'irruption d'un intrus dans la chambre ?

Réfléchissons. La luminosité qui règne dans la pièce est étrange, dans des tons chauds, alors que la scène se déroule la nuit. D'où vient cette lueur étrange, qui semble avoir tiré la jeune femme de son sommeil ?

C'est un incendie. Il a suffisamment progressé pour que ses flammes illuminent les murs de la chambre. La soudaine clarté dans la pièce et probablement la chaleur ont réveillé la jeune femme. Une fois qu'elle sera sortie de son état de torpeur, elle pourra agir. Lui restera-t-il assez de temps pour s'extirper de ce mauvais pas ?

RENÉ MAGRITTE

Qui est l'agresseur ?

René Magritte

Date de naissance :
21 novembre 1898

Lieu de naissance :
Lessines, Belgique

Nationalité : Belge

Activité : Peintre, illustrateur, photographe, graveur

Biographie : Enfant, René se passionne pour la bande dessinée. En 1915, il débute officiellement la peinture. La même année, il rencontre Georgette Berger, sa future femme. Il expose ses premiers tableaux en 1916 et affine son style après avoir vu les œuvres du peintre De Chirico. C'est à cette période qu'il réalise la peinture ci-contre. En 1929, il peint son célèbre tableau *La Trahison des images*.

Lors de la Seconde Guerre Mondiale, alors que la Belgique est occupée par les nazis, René Magritte s'enfuit à Carcassonne chez son ami poète Joë Bousquet. À la fin de la guerre, il rejoint le parti communiste ; c'est le début de sa période « vache ». Dans les années 1950, il acquiert une notoriété mondiale et expose dans les grandes capitales occidentales.

LES DONNÉES DE L'ENQUÊTE :

Lieu : ???

Date : 1927

Identité de la victime : ???

Identité du meurtrier : ???

Équipement des deux hommes : Filet et gourdin

INDICES

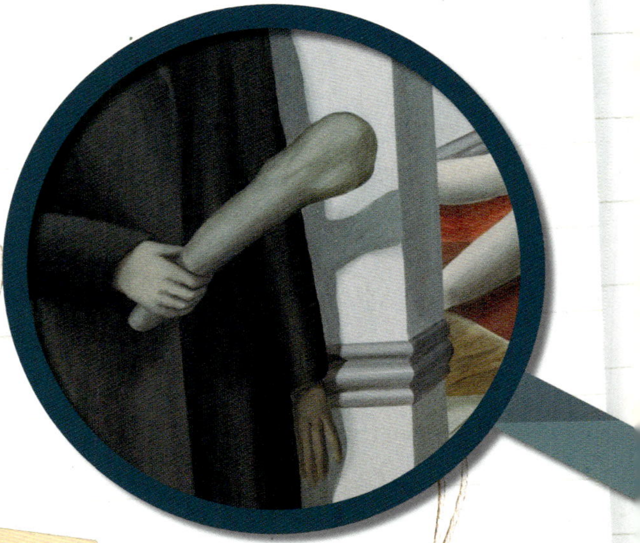

Ses affaires sont posées sur la chaise. Mais comment l'homme au centre de la pièce peut-il être aussi calme ?

Les blessures de la victime correspondent-elles à ce type d'arme ?

Pourquoi s'armer d'un filet ?

ASSASSIN(S)

Nous entrons dans un appartement à la décoration épurée. Une femme nue est allongée sur une banquette rouge : un crime atroce a eu lieu. Une certaine tension règne encore sur les lieux. Tout n'est pas fini.

Un homme, non loin de la victime, écoute de la musique grâce à un gramophone tandis que d'autres se cachent, prêts à lui bondir dessus. Pourrait-il être la prochaine victime ?

La sérénité de l'homme dans la pièce centrale, impassible à la vue de la dépouille, est manifeste : il se laisse aller à écouter de la musique, la main dans la poche, ses affaires, son chapeau et sa valise posés non loin de là. Quel enquêteur aurait une attitude aussi désinvolte ? Il s'agit du meurtrier. Il ne paraît pas inquiet et semble ignorer la présence des deux hommes postés derrière le mur. Seraient-ils venus l'arrêter ?

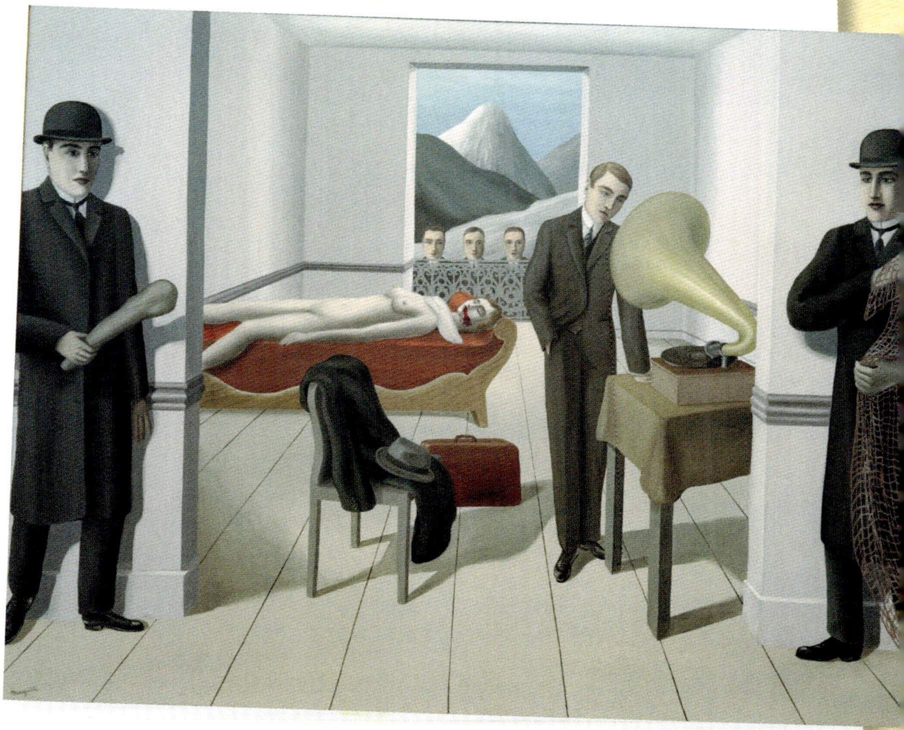

On peut se demander si ces deux individus sont des policiers : leurs armes, un gourdin et un filet, ne correspondent pas vraiment à l'arsenal des gardiens de la paix. Viennent-ils alors agresser l'agresseur ?

Cette œuvre préfigure certains des motifs clés de René Magritte : les hommes en chapeau melon, les scènes étranges dépeintes par les artistes surréalistes et la thématique des ouvertures. D'ailleurs, cette énigme n'a jamais été résolue et restera toujours ouverte à toutes sortes d'hypothèses... Alors sont-ils des agresseurs ou des justiciers ?

DEAN CORNWELL

De quoi ce couple vient-il de discuter ?

Dean Cornwell

Date de naissance : 5 mars 1892

Lieu de naissance : Louisville, États-Unis

Nationalité : Américaine

Activité : Illustrateur

Affiliation politique : Conservateur

Biographie : Né dans le Kentucky, il commence sa carrière de dessinateur dans le journal local *Louisville Herald*. Il déménage à Chicago puis à New York pour suivre des études d'art, et apprend la peinture murale aux côtés de Frank Brangwyn à Londres en Angleterre.

En parallèle de ses études, il poursuit son activité de dessinateur pour la presse. Dans les années 1920, il travaille pour des magazines populaires (*Life*, *American Weekly* et *The Saturday Evening Post*) et illustre les livres de célèbres auteurs comme Ernest Hemingway.

Il est alors reconnu comme l'un des plus grands illustrateurs américains et gagne le surnom de « Doyen des Illustrateurs » (*Dean of Illustrators*).

LES DONNÉES DE L'ENQUÊTE :

Lieu : États-Unis. Localisation en cours.

Date : Fin des années 1910

Identité des deux individus : ???

INDICES

Affiliation politique : Conservateur

La couleur de ce vêtement est hautement symbolique à l'époque où se déroule cette scène.

Pourquoi laisser une place vide ? Le couple attend-il une tierce personne ?

L'IRRÉVERSIBLE

Nous sommes en fin d'après-midi, quelque part en Amérique, à la fin des années 1910. Mari et femme se retrouvent enfin à la maison après avoir passé la journée séparément. Quelque chose de terrible semble s'être passé.

Les deux personnages ne réagissent pas de la même façon. L'homme est désemparé et semble pleurer, la tête basse. Le regard de la femme paraît vide, nous dévisageant fixement, comme si elle s'était fait une raison. Qu'est-il arrivé ? Qu'a-t-il été dit pour plonger les deux protagonistes dans de tels états émotionnels ? La réponse est à chercher dans les détails de la peinture. Une place semble avoir été laissée sur cet immense canapé. Quelqu'un manquerait-il à l'appel ? Un assassinat, un enlèvement, une disparition volontaire ?

Le tableau s'intitule *It's Hard to Explain a Murder*, qu'on pourrait traduire par « C'est dur d'expliquer un meurtre ». Avons-nous notre réponse ? Ce n'est peut-être pas si simple...

Le foulard appartient à l'évidence à la femme. Il est de couleur violette : la couleur des suffragettes américaines qui réclament le droit de vote à la fin des années 1910. Ce sont des femmes déterminées qui n'hésitent pas à défendre haut et fort leurs idées à une époque où les maris décident encore de tout, dans la plupart des couples. Aurait-elle pris une décision sans en avertir son mari, une décision irrévocable ?

Le peintre Dean Cornwell était très conservateur, très attaché aux valeurs de son pays comme la famille. Aurait-il décrit dans cette œuvre le choix personnel de cette femme, choix avec lequel il n'était pas d'accord ? De quel meurtre se serait-elle rendue coupable selon lui ?

Une des hypothèses est qu'elle était enceinte mais ne souhaitait pas avoir d'enfant. L'épouse aurait donc décidé de faire cesser sa grossesse, une décision inattendue et vécue comme un drame par le mari. Est-ce lui ou l'artiste qui qualifierait cette décision de « meurtre » ? Difficile à dire. Toujours est-il que, malgré son air figé et le désespoir de son mari, cette femme n'a pas l'air de regretter son choix.

TOM LOVELL

Cette femme était-elle en danger ? L'est-elle encore ?

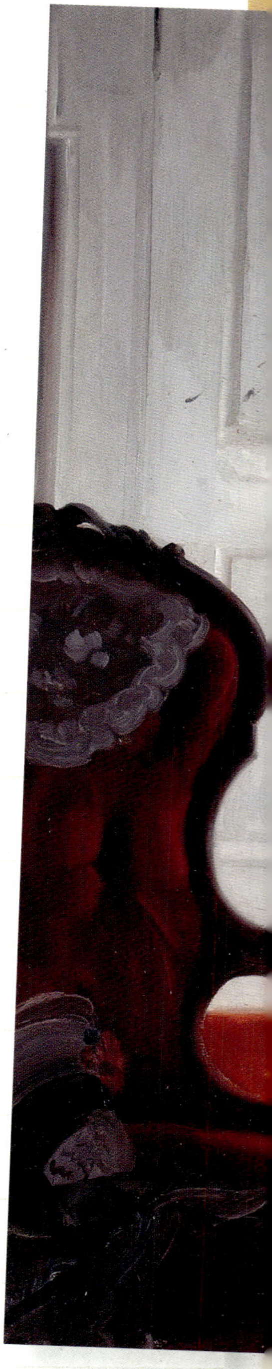

Tom Lovell

Date de naissance : 5 février 1909

Lieu de naissance : New York, États-Unis

Nationalité : Américaine

Activité : Peintre et illustrateur

Distinctions : Prix de West, prix Robert Loughweed et prix d'excellence de la National Academy of Western Artists.

Biographie : En 1927, Tom commence à étudier les beaux-arts. Dans les années 1930, il travaille comme illustrateur pour différentes agences de publicités et divers magazines américains.

Ses illustrations dans les *pulps*, des magazines très populaires aux États-Unis, lui permettent d'acquérir une certaine notoriété.

Pendant la Seconde Guerre mondiale, il rejoint le Marine Corps. À son retour, il produit une série de dessins historiques pour le *National Geographic Magazine* et reprend son travail d'illustrateur pour de prestigieuses revues.

LES DONNÉES DE L'ENQUÊTE :

Lieu : ???

Date : 1943

Identité : ???

Arme : Revolver de type Colt Single Action Army

Calibre : ???

Nombre de cartouches : 6

INDICES

C'est la seule source
de lumière visible
de la pièce.

La guerre
est faite d'ombres.

COMBATTRE UN FANTÔME

La détonation a retenti dans toute la maison. La maîtresse de maison ne sait pas si elle a atteint celui qui s'est introduit chez elle. Elle s'est sentie menacée, elle s'est défendue. Est-elle en sécurité ?

Elle se trouve dans son salon, et c'est probablement la nuit car la lampe est allumée et il fait très sombre. Elle a tiré à travers la porte, « à l'aveugle ». Il n'y a aucun moyen pour elle de savoir si elle a touché son cambrioleur. Elle n'a sûrement pas envie d'ouvrir la porte.

Elle est sur la défensive et recule, au cas où elle n'aurait pas atteint sa cible. Mais se pourrait-il qu'elle ait eu une hallucination ? Si personne ne répond, n'est-ce pas parce qu'elle est tout simplement seule ?

Une autre interprétation est envisageable. Si l'on regarde le subtil jeu de lumière, on comprend que l'ombre projetée sur la porte blanche est la sienne (regardez la traîne sombre qui va des pieds de la femme à la porte). Mais une lampe ne peut produire qu'une seule ombre... D'où vient la seconde, celle à côté du miroir, dans une position similaire ? Est-ce un fantôme ?

Deux explications sont possibles : peut-être y a-t-il une deuxième source de lumière, non loin de là ? Mais la robe de la femme semble indiquer que la clarté vient de la droite et non de face. La deuxième hypothèse, beaucoup plus inquiétante, est qu'il y a une autre lampe, hors champ, sur la droite et qui éclaire... une autre présence dans le salon.

Une personne se serait alors introduite par la fenêtre ou une autre ouverture pendant que la propriétaire des lieux se défendait. À présent, l'intrus se trouve derrière elle, avec une arme à la main, dans une position identique à celle de sa future victime. Il ne reste plus que quelques secondes avant qu'elle n'apparaisse dans le reflet du miroir...

Remerciements

Je tiens à remercier Marci Roberto, conservatrice en chef du Sterling and Francine Clark Art Institute de Williamstown, Massachussetts aux États-Unis pour son aide sur le tableau de John Singer Sargent.

Légendes et crédits

p. 12-13

- José de Madrazo y Agudo, *La Mort de Viriathe, chef des Lusitains*, 1807, huile sur toile, 307 cm x 462 cm, musée du Prado, Madrid, Espagne.
- José de Madrazo y Agudo, *Autoportrait*, vers 1840, huile sur toile, 73 cm x 56 cm, musée du Prado, Madrid, Espagne.
- José de Madrazo y Agudo, *Jesús en casa de Anás*, huile sur toile, 1803, 176 cm x 226 cm, musée du Prado, Madrid, Espagne.
- José de Madrazo y Agudo, *Fernando VII à cheval*, huile sur toile, 1821, 353 cm x 249 cm, musée du Prado, Madrid, Espagne.

p. 16-17

- Alexandre Cabanel, *Cléopâtre essayant des poisons sur des condamnés à mort*, 1887, huile sur toile, 162,6 cm x 287,6 cm, musée royal des Beaux-Arts d'Anvers, Anvers, Belgique.
- Alexandre Cabanel, *Autoportrait*, 1852, huile sur toile, musée Fabre, Montpellier, France.
- Alexandre Cabanel, *Naissance de Vénus*, 1863, huile sur toile, 130 cm x 225 cm, musée d'Orsay, Paris, France.
- Alexandre Cabanel, *Napoléon III*, vers 1866, huile sur toile, 230 cm x 171 cm, château de Compiègne, France.

p. 20-21

- John Everett Millais, *Isabella*, 1849, huile sur toile, 103 cm x 142,8 cm, Walker Art Gallery, Liverpool, Royaume-Uni.
- John Everett Millais, *Autoportrait*, 1881, huile sur toile, 86 cm x 65 cm, galerie des Offices, Florence, Italie.
- John Everett Millais, *Un Huguenot, le jour de la Saint-Barthélemy*, 1852, huile sur toile, 92,7 cm x 64,1 cm, collection privée.
- John Everett Millais, *Le Christ dans la maison de ses parents*, vers 1850, huile sur toile, 86,4 cm x 139,7 cm, Tate Britain, Londres, Royaume-Uni.

p. 24-25

- Le Caravage, *Les Tricheurs*, vers 1594, huile sur toile, 94,2 cm x 130,9 cm, musée d'art Kimbell, Forth Worth, Texas.
- Ottavio Leoni, *Portrait du Caravage*, vers 1621, croquis à la craie, bibliothèque Marucelliana, Florence, Italie.
- Le Caravage, *La Diseuse de bonne aventure*, vers 1596, huile sur toile, 99 cm x 131 cm, musée du Louvre, Paris, France.

p. 28-29

- Paul Delaroche, *L'Assassinat du duc de Guise*, 1834, huile sur toile, 57 cm x 98 cm, Musée Condé, Chantilly, France.
- Ernst Benedikt Kietz, *Portrait de Paul Delaroche*, vers 1844, lithographie.
- Paul Delaroche, *L'Exécution de lady Jane Grey en la tour de Londres*, l'an 1554, 1833, huile sur toile, 246 cm x 297 cm, National Gallery, Londres, Royaume-Uni.
- Paul Delaroche, *Bonaparte franchissant les Alpes*, 1858, huile sur toile, 113,7 cm x 220 cm, musée du Louvre, Paris, France.

p. 32-33

- John Everett Millais, *La Rançon*, vers 1861, huile sur toile, 114,3 cm x 129,5 cm, Getty Center, Los Angeles, États-Unis.
- John Everett Millais, *Autoportrait*, 1881, huile sur toile, 86 cm x 65 cm, galerie des Offices, Florence, Italie.
- John Everett Millais, *The Black Brunswicker*, 1860, huile sur toile, 104 cm x 68,5 cm, Lady Lever Art Gallery, Port Sunlight, Royaume-Uni.
- John Everett Millais, *The Order of Release*, 1746, vers 1853, huile sur toile, 102,9 cm x 73,7 cm, Tate Britain, Londres, Royaume-Uni.

p. 36-37

- William Frederick Yeames, *And When Did You Last See Your Father?*, 1878, huile sur toile, 131 cm x 251,5 cm, Walker Art Gallery, Liverpool, Royaume-Uni.
- Photographie de William Frederick Yeames, prise par John et Charles Watkins dans les années 1860, Metropolitan Museum of Art, New York, États-Unis.
- William Frederick Yeames, *La Reine Elizabeth I et Leicester*, 1865, huile sur toile, 72 cm x 92,5 cm, musée des beaux-arts de Lyon, Lyon, France.
- William Frederick Yeames, *Hiding the Priest*, huile sur toile, vers 1870, 58,7 cm x 85,8 cm.

p. 40-41

- Jean-Joseph Weerts, *L'Assassinat de Marat*, 1880, huile sur toile, musée La Piscine, Roubaix, France.
- Photographie de Jean-Joseph Weerts. Source : Wikimedia Commons. Licence CC-BY-SA 4.0.
- Jean-Joseph Weerts, *Portrait de Charles Albert Waltner dans son atelier*, huile sur toile, 1910, musée des Beaux-Arts de Paris, Paris, France.
- Jean-Joseph Weerts, *La Nuit du 9 au 10 thermidor 1794*, huile sur toile, 1897, musée La Piscine, Roubaix, France.

p. 44-45

- Edward Moran, *Burning of the Frigate Philadelphia in the Harbor of Tripoli*, 1897, huile sur toile, 152,4 cm x 106,6 cm, U.S. Naval Academy Museum Collection, Annapolis, États-Unis.
- Photographie d'Edward Moran, vers 1870, 12 cm x 19 cm, Archives of American Art, Washington, États-Unis.
- Edward Moran, *Unveiling The Statue of Liberty Enlightening the World*, 1886, huile sur toile, 152,4 cm x 106,6 cm, musée de la ville de New York, New York, États-Unis.
- Edward Moran, *The Statue of Liberty Arrives in New York Harbor*, 1885, huile sur toile, 47,3 cm x 80,3 cm.

p. 48-49
- Alfred Stevens, *Ce qu'on appelle le vagabondage*, 1854, huile sur toile, 130 cm x 165 cm, musée d'Orsay, Paris, France.
- Alfred Stevens, photographie provenant de l'album personnel d'Édouard Manet, Bibliothèque national de France, Paris, France.
- Alfred Stevens, *Femmes élégantes dans un salon*, huile sur toile, musée des Beaux-Arts de Houston, Houston, États-Unis.
- Alfred Stevens, *La Parisienne japonaise*, huile sur toile, 1872, musée des Beaux-Arts de Liège, Liège, Belgique.

p. 52-53
- Frank Holl, *Did You Ever Kill Anybody, Father?*, 1883, huile sur toile, 127 cm x 101,6 cm.
- Frank Holl, *Frank Holl*, 1863, huile sur toile, 55 cm x 43 cm, National Portrait Gallery, Londres, Royaume-Uni.
- Frank Holl, *Prince George, Duc de Cambridge (1819-1904)*, huile sur toile, 240,2 cm x 149,3 cm, Royal Collection, Londres, Royaume-Uni.
- Frank Holl, *Ordered To The Front*, huile sur toile, 1880, 75 cm x 64 cm.

p. 56-58
- Eugène Grasset, *La Vitrioleuse*, vers 1894, lithographie, Honolulu Museum of Art, Honolulu, Hawaï.
- Portrait d'Eugène Grasset, Album Mariani, Figures contemporaines, 1894-1925.
- Eugène Grasset, Affiche pour l'exposition sur les arts décoratifs aux Grafton Galleries, lithographie, 1893.
- Eugène Grasset, Affiche pour le Salon des Cent, lithographie, vers 1893.

p. 60-61
- Emanuel Spitzer, *Das süĝe Schläfchen*, 1881, huile sur toile. Photo © Art Collection 4 / Alamy Stock Photo.
- Emanuel Spitzer, *The Forgotten Errand*, vers 1890, gravure.
- Emanuel Spitzer, *The Improvised Orchestra*, datation non précisée, huile sur toile, 100 cm x 135 cm.

p. 64-65
- John Singer Sargent, *A Street in Venice*, vers 1881, huile sur toile, 75,1 cm x 52,4 cm, Clark Art Institute, Williamstown, États-Unis.
- Photographie de John Singer Sargent, prise par James E. Purdy en 1903.
- John Singer Sargent, *Madame X (Madame Pierre Gautreau)*, vers 1881, huile sur toile, 243, 2 cm x 148,8 cm, Metropolitan Museum of Art, New York, États-Unis.
- John Singer Sargent, *La Sieste des gondoliers*, vers 1904, aquarelle, 35,6 cm x 50,8 cm, collection privée.

p. 68-69
- Jakub Schikaneder, *Murder in the house*, vers 1890, huile sur toile, 203 cm x 321 cm, Galerie nationale de Prague, Prague, République tchèque.
- Portrait de Jakub Schikaneder, gravure de Josef Mukařovský, 1887.
- Jakub Schikaneder, *Company on the Terrace*, vers 1887, huile sur toile, 80 cm x 130 cm.
- Jakub Schikaneder, *Evening Street*, 1906, huile sur toile, Galerie nationale de Prague, Prague, République tchèque.

p. 72-73
- Michael Peter Ancher, *The Drowned Fisherman (trad. Le Pêcheur noyé)*, 1896, huile sur toile, 212,5 cm x 289 cm, Skagens Museum, Skagen, Danemark.
- Michael Peter Ancher, *Autoportrait*, 1902, huile sur toile, 110 cm x 88 cm, Statens Museum for Kunst (SMK), Copenhague, Danemark.
- Michael Peter Ancher, *The Lifeboat is Taken through the Dunes (trad. Le canot de sauvetage transporté dans les dunes)*, 1883, huile sur toile, 171 cm x 221 cm, Statens Museum for Kunst (SMK), Copenhague, Danemark.
- Michael Peter Ancher, *Will He Round the Point?*, vers 1880, huile sur toile, 93 cm x 109,7 cm, Stagens Museum, Skagens, Danemark.

p. 76-77
- John Collier, *Le Feu*, vers 1904, huile sur toile, 140,7 cm x 120, 3 cm, Leamington Spa Art Gallery and Museum.. Photo © History and Art Collection / Alamy Stock Photo.
- Marion Collier, *Portrait de John Collier*, vers 1882-1883, 121,1 cm x 101,4 cm, National Portrait Gallery, Londres, Royaume-Uni.
- John Collier, *Charles Darwin*, vers 1881, huile sur toile, 125,7 cm x 96,5 cm, National Portrait Gallery, Londres, Royaume-Uni.
- John Collier, *Lady Godiva*, 1898, huile sur toile, 142,2 cm x 183 cm, Herbert Art Gallery and Museum, Coventry, Royaume-Uni.

p. 80-81
- René Magritte, *L'Assassin menacé*, 1927, huile sur toile, 150,4 cm x 195,2 cm, Museum of Modern Art, New York, États-Unis. © Adagp, Paris, 2021 - Photo © akg-images
- Portrait de René Magritte, présent sur les billets de francs belges

p. 84-85
- Dean Corwell, *It's Hard to Explain Murder*, 1920, illustration, 66 cm x 91,4 cm.
- Mosaïques et fresques, Los Angeles Central Library.
- Dean Corwell, *The Red Shawl*, 1921, illustration.
- Dean Corwell, *Romantic Couple Seated by Piano*, 1922, illustration.

p. 88-89
- Tom Lovell, *Shot in the Dark*, 1943, illustration.
- Tom Lovell, (Sans Titre), illustrations pour le *National Geographic magazine*, vers 1963.